鲨鱼也能很温柔

SHARK CAN BE GENTLE

狼焉 ◎ 著

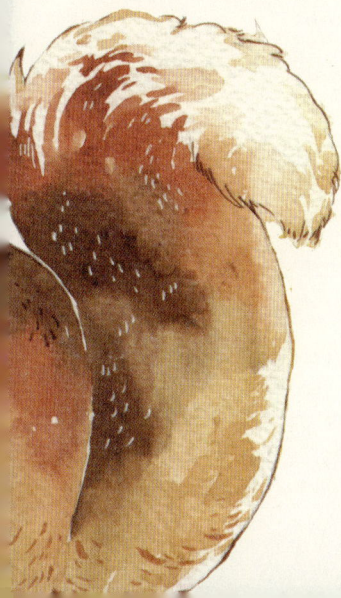

台海出版社

图书在版编目（CIP）数据

鲨鱼也能很温柔 / 狼焉著. -- 北京：台海出版社，
2021.7
ISBN 978-7-5168-3019-2

Ⅰ.①鲨… Ⅱ.①狼… Ⅲ.①寓言—作品集—中国—
当代 Ⅳ.①I277.4

中国版本图书馆CIP数据核字(2021)第104267号

北京市版权局著作合同登记号：图字01-2021-1840

本书中文繁体字版本由精诚资讯股份有限公司-悦知文化在台湾出版，今
授权人天兀鲁思（北京）文化传媒有限公司在中国大陆地区出版其中文简体字
平装本版本。该出版权受法律保护，未经书面同意，任何机构与个人不得以任
何形式进行复制、转载。
项目合作：锐拓传媒copyright@rightol.com

鲨鱼也能很温柔

著　者：狼　焉

出版人：蔡　旭
责任编辑：俞滟荣

出版发行：台海出版社
地　址：北京市东城区景山东街20号　　邮政编码：100009
电　话：010-64041652（发行，邮购）
传　真：010-84045799（总编室）
网　址：www.taimeng.org.cn/thcbs/default.htm
E-mail：thcbs@126.com

经　销：全国各地新华书店
印　刷：北京金特印刷有限责任公司
本书如有破损、缺页、装订错误，请与本社联系调换

开　本：880毫米×1230毫米　　1/32
字　数：110千字　　　　　　　印　张：7
版　次：2021年7月第1版　　　印　次：2021年7月第1次印刷
书　号：ISBN 978-7-5168-3019-2

定　价：48.00元

作者序

亲爱的你：

　　在你决定阅读这些信件之前，我大概花了三个月把它们整理好，之后再交给山里最会缝纫的山羊装订成册，再请信鸽漂洋过海地把它投递到你的信箱里。有些信纸已然泛黄，内容却还如纸上入木三分的字迹一般矢志不渝；但有些信纸崭新如初，字里行间的情感却已悄悄改变。

　　第一章里收集了动物们的手写信，将满溢的各式情感，像是遗忘的爱情、渐远的友情、找寻自己等，封印在一张张信纸中。比如不再互相喜欢后，男人想让绵羊把眼泪留在草原，自己却仍旧在夜深人静时惦念曾经的所有清欢。比如翠鸟心中的疼痛已经够久，久到她终于不用再勉强自己假装遗忘，久到她终于懂得了心碎带来的不仅仅是遗憾而已。

　　第二章中的小鲨鱼，渴望着与自己外貌和身份相差甚远的温柔。他带着对未来的憧憬与对忤逆父亲的担忧在深幽蔚蓝的大海里邂逅不同的水中生物。在随着洋流带来的心碎的、刻薄的、温暖的各式际遇中，小鲨鱼努力拼凑着属于自己的面貌。

第三章的飞行系爱情故事里，宁静细腻的文学少女亦舒与勇敢执着的追梦少女程瞳互为知己，她们把十七岁初夏的怦然心动与刻骨心碎都收进了彼此的岁月里。她们想以"梦想"给来自周围环境和规则下的压力赋予一个明确的意义，或者想以掷地有声的一封封书信换取真心，却发现爱是难以等价交换的东西。

故事都是这样的，从我们未曾注意到的某个细小节点开始往不曾想过的方向走去。或许有些故事与你似曾相识，或许有些是你闻所未闻的。那些未曾想过的，你愿不愿意花一个睡前故事的时间去感同身受呢？

或许你能从这些书信里找到悲欢离合的原因，即使找不到也没关系，能够拾起年少的初心与梦想、放下过去的忧伤与遗憾，就是从这些信里能得到的最珍贵的宝物。

谢谢你愿意阅读它们。

祝好！

—— 狼焉

第一章

翻山越岭投递一封信

4

第二章

如果鲨鱼也能很温柔

第三章

第一章

翻山越岭投递一封信

绵羊说她无法轻易忘记

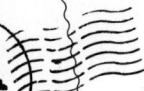

MAIL

2020

单程邮票————

01

然而故事有始有终，
我们仍需陪伴自己踏上下一段旅程。

亲爱的你：

从北方回来后的几个月，生活又步入了正轨。白天，我一贯地在舒适的草原上肆意悠游，偶尔寻到一枝从未看过的花便捎回家给你，每到夜晚再回到我们的小窝与你相枕入眠。你说我的羊毛特别柔软，沾上青草与月桂的味道让人安心；而我说你那强而沉稳的心跳声，让我在每个虫声唧唧的嘈杂深夜里总能安稳入睡。

如你所说，我是一只没有桎梏、在草原上恣意生活的绵羊，我以为自己因此而特别。就像《小王子》里的狐狸一样，你已经驯服了我，即使没有围栏，我也不会轻易离开。你说你喜欢我的倔强，了解我的傲气。

"只有我能哄得了你。"

多少个日子，我似乎太相信这句话，以至于失了分寸。

农舍要卖了。那一年雨水不足，土地干涸，作物的收

入无法支付整个农舍的开销。你每天比以往起得更早，还
要背着斗大的竹篮前往早市。我发现自己不如以往能轻松
地在草原上漫步，只剩深深的担忧与无能为力。无能为力
的我，以忧愁替代了能让你纾解压力的安慰；无能为力的
你，开始无法耐心处理我们之间的摩擦。

我们终究无法接住彼此的烦忧。

从什么时候开始，我们一再漏接对方想要结束的信
息？为什么我们没有把那些龃龉解读成对生活的无力，却
认为它们是对彼此的不满？

"你说你不会讨厌我的脾气，那为什么现在不愿意哄
我了？"

"那你为什么不能贴心一点儿，收敛一下？"

"要不是当初你说不用改，我也不会对着你这样无理
取闹。"

"对，现在都是我的错了。"

和承诺过的不一样，你终于不再愿意安抚我的坏脾气。

草原终于迎来了迟到的雨季，然而出售农舍的合约却
已经签完。终究，我们把生活的压力化为伤人的话语，然

后分道而行。离别时，我们的眼里都锁着哀伤，却没有一丝后悔的情绪。曾经我喜欢你那宛如装进了整片葱郁森林的墨绿眼睛，那里今后却不会再倒映出我在草原上与你嬉戏的身影。

农舍落了大锁，你的眼睛也是，我的心也是。

故事说完后，总要在某个时间点只身启程，往反方向各自走去，那种过程被忧伤的旅人称作流浪，但其实是以下一个故事作为目的地的前行。我不知道你会往哪个方向走去，或许这辈子再也不会从任何地方听到你的消息，又或者很久很久以后，当我再次听见你的名字时，你的脸庞却已经模糊在我的记忆里。到那时候，我还会想见你吗？

如果答案是：会。或许我会惋惜现在彻底与你分别，但是此时此刻的我并不后悔。

好想问你是否还记得，你向别人介绍我时的模样，你满怀自信的样子始终在我记忆里闪闪发光。也想问你是否还记得，我向别人介绍你时的模样，我满怀自信地依偎在你身旁，是多么和煦静好。

"我有一只傲娇的小绵羊。"

"我有一个最了解我的主人。"

祝好！

——绵羊

男人希望绵羊能够忘怀

单程邮票————

MAIL

2020

02

想要把月亮摘给你，
始终是个无法实现的宏愿。

亲爱的你：

　　他们说最难的不是相爱，而是生活。我曾不愿相信，
错过了千万人却独与你相伴会是最难得的事情，即使多么
不愿意承认，我们最终还是被生活打败，而那些被细节摩
擦肢解的片段，却仍深深烙印在我的脑海里。

　　也不是没想过，住在草原上会面临旱季，只是与你相
处的日子实在太过美好，其实在这之前就有些微征兆，我
却不愿戳破这么宁静的日子。为了不让你感到不安，我将
这些压力仔细收进竹篮不让你发现。木柴与农作物盖在上
面，藏起底下的疲倦与负担。渐渐地，从与你同时起床，
到破晓将至就踏出家门，竹篮越来越重，而我沉重的心也
不再因为看到你安稳的睡颜而有所安慰。

　　"我不小心把这篮桃子摔坏了。"

　　你带着歉意，小心翼翼地说。我明明不想对你生气，

却无法将因为刚从集市回来太过疲倦而板起的脸变得柔和一些。

"你为什么这么不小心啊。"

"对不起。"

"我已经很累了你知道吗……"

为什么我不能好好跟你说话呢？明明一点儿都不想责怪你、伤害你，却总是这样事与愿违地说着让你难过的话。

"你可以不要这么大声吗？"

"我现在都不能生气了是吗？"

于是，我们不再遵守吵架只吵一天的约定。夜里被凛冽的西风吹得微微发颤时，也终于意识到了没有你的羊毛围绕，草原比想象中更加寒冷。

记得有次我们躺在草原上看着繁星熠熠，忽然有两颗星星一前一后划过天际，坠落在远方地平线之后。我问你要不要许愿，一人一个刚好。你说，他们虽然点亮了天空，却有可能是两颗迷路的星星。

"如果其中一个没有抓牢而掉落凡尘，另一个就冒着再也回不去的风险去找他。"

"希望他可以找到他。"

而你发现我很认真地听，于是看着我说："那你听过参商的故事吗？"

"没听过。"

"就是杜甫诗中'动如参与商'的'参商'，在二十八星宿里，西边的参星只在冬天出现，而东边的商星却只在夏天出现。和煦春天到来的时候，一边冉冉上升另一边却缓缓沉睡，所以他们永远见不到彼此……"

你缓缓地说着，我突然发现你是那么的特别，很想就这样听你说故事直到永远。

但我们不再选一个万里无云的夜晚，带着帐篷到远离光污染的地方看星空；我们不再窝在炭火边看着故事书，想象城市的斑斓是什么样子；我们不再到集市挑选喜欢的种子，把庭院布置得杏雨梨云；我们不再互相喜欢。

草原终于盼到雨季，然而大雨却挽救不了任何事情。那一年你把庭院布置成绀紫色，栽满了靛青黛蓝的勿忘草。我们总说"勿忘我"，如今我却想请你忘了我。忘了我们曾经喜欢与对方一起做任何事情，忘记每一个温柔的承诺

和誓言，忘记我们曾经相信并且愿意携手到老。

　　我想请你把悲伤都留在草原，把你的眼泪和这些雨水一起留下，因为你值得一直快乐下去。

　　柔软又坚韧的小绵羊，愿你在下一段故事里总是阳光灿烂，不再流下任何一滴眼泪。

　　祝好！

——曾经的伙伴

MAIL
2020

暧昧与暗恋的一线之隔

匿名寄出————

03

暖昧就是这样，
那种不安来自你能轻易牵动我的情绪，
而那种心安又来自，你了解我。

亲爱的你：

　　有时候听到朋友们在谈论你，谈论那些关于你，而他们其实不太确定的事。比如那天青鸟说："岩鹭最近是不是要回家一趟？"

　　那一刻的我突然觉得心里有点儿满，你和我说过回家要如何长途跋涉，说了那里的花草树木与天空是什么样的颜色，我可以想象水塘中倒映着云朵与你的身影交织而成的蔚蓝。仿佛与你交换了行程单，我知道的比其他人更多，这种感觉像是我们比普通朋友还亲近，共享着一些秘密。

　　但，接着另一个朋友说："对啊，他说明天下午就出发了。"

　　那一刻我又觉得怅然若失了。原来倾听你的生活琐碎并不是我一个人的专利，你的计划并不是特意向我报备你的计划，大概"报备"还是只对情人才会用到的词吧。你总是坐在跷跷板的另一端，轻轻使一点儿力，就能让我的心情感到忽上忽下。

和你聊天的时候，我尽量表现得稀松平常，掩饰心里的焦躁与悸动。在你分享下一趟旅程时，我还能佯装随意，轻轻地问："你也告诉其他朋友了吗？"

然后，听着你轻快地回说："对呀。"我又忍不住觉得是自己小题大做。

"我昨天看到岩鹭和隔壁的水鸟妹妹出去玩了。"

那天晚上，想念你就变成了一种微微疼痛的感觉。即使你一如往常地发来消息，我还是赌气地放置了好一段时间不愿回复。书上说，若你喜欢我，一定会反复检查手机等着回信，每检查一次，思念就会一遍遍地加深。我曾反问，难道恋爱不该是两情相悦后，就手牵着手一辈子吗？书上却也说，没办法，大人的恋爱就是这种小小的心理战，人心莫测，你可要抓牢。

所以我不停想着，该使用什么措辞才能掩饰占有欲与醋意，生怕你不喜欢这种被干涉的感觉，进而吐出了冷漠的字句。

"今天有点儿累，我要先睡了，晚安！"

说完把手机放在左胸口，希望你也可以透过心口的颤动感受那种细碎的伤心与不安。我总在说晚安之后，才又想着与你之间的关系而迟迟无法合上眼，并下定决心若你不主动解释，我便从此不再过问。

结果出乎意料，你好像隔着屏幕读到了我的情绪，"小白鹭，你在生气吗？"

于是我马上拿起手机，"没有呀，当然没有！"

这一句里包含的意思瞬间就成了真心实意的不生气，原来暗恋与暧昧就是这样，那种不安来自你能轻易牵动我的情绪，而那种心安又来自你了解我。然后我们又聊了起来，日子恢复了往常的模样。

等某个春暖花开的日子，我想把这封信交到你手上。

我喜欢你呀。

祝好！

——白鹭

18

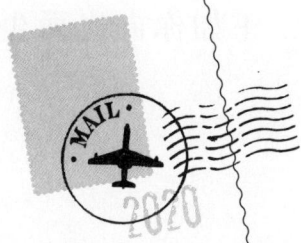

当我的光不再为你所需

信件遗失————

04

我忘了适合自己的栖息地
从不是这么斑斓的地方，
正如你向光而生是因为不能勉强。

亲爱的你：

　　"最重要的是，我们还相爱吗？"

　　每当思绪又快打结时，我总在脑海里试图用你的口吻问自己这么一句话。

　　熙来攘往的人海中，我们能相遇相知应该是一件要珍惜的好事。为了提醒这件事的重要，才会有许多隆重的仪式被设计出来。花店定义了玫瑰花数量与颜色的含义，或许是一见倾心，或许是至死不渝；书店在象牙纸上装饰了精致的丝缎，也许是长相厮守，也许是忠贞不贰。当每个女孩在情人节都捧着十一朵代表一生一世的玫瑰花时，我只敢庆幸自己也是这些幸福的人中的一个，却不敢去细想你送花时是否想的是节日仪式更甚于发自内心的珍惜。

　　纪念日的时候会去喜欢的餐厅吃饭，我惦记着这种得来不易的浪漫，却害怕它在某一年变成宛如空壳的形式。当我小心措辞地吐出这个顾虑，你却把它当成是我的胡思乱想而没有放在心上。

"是不是分开比较好呢？"

从原本两个人一起规划日程到各自在日历上划掉忙碌的日子，从原本能以小时为单位的互相倾听，到睡前只一句晚安就默然无语。我终于发现仅一个人的努力，无法维持相爱的频率。

有时候，我会忘了，自己曾经是那个在夜里替你点灯的人。

那时的我带着无以名状的勇气与自信，信誓旦旦地认为自己能做你的光，抚平你在每个无力挣扎的夜色里深锁的眉头皱纹。然而，不知是好是坏，你以浴火重生之姿带着光往十色陆离的地方走去，后来那些太过明亮的东西改变了生活，掩盖了我只有在朔月的黑夜里才能被洞察的微弱光亮。

迟迟说不出的分开，究竟是我舍不得你，还是舍不得让月历里好不容易累积起几千几百个相爱的日子一瞬归

零？或是，我恐惧的是在归零后细数那些日子的后半段，是否只剩时间在往前，而相爱的我们早已停在某个凡桃俗李的日子里呢？

我不想做那个被留在原地的人啊，却更不想徒留这份爱在彼此生活中一无所获、毫无成长地继续前行。你终于能在黑夜里安然入睡了，我的光也终于不再为你所需。

你送我的蜡烛终于烧到了底部，我不断想找到能再点燃微光的烛芯，最后却只剩满桌的灰烬与生锈的烛剪。我曾听说凝固的蜡油都是蜡烛在寒夜里替人流下的眼泪，我不愿意它在努力发光时的模样被遗忘，却只有熄灭时才为人所见。

后来，你笑着说使用蜡烛早就不合时宜，我才明白一直以来，与栀子花香缠绕着袅袅消散的都是回忆。而空气冰冷下来后，这些都已不合时宜了。

祝好！

——萤火虫

记那些焦虑不安的细碎

查无此人 ——

05

为什么要假装呢？
想哭的时候就大声地诉说自己的难过，
不好吗？

亲爱的你：

　　最近时常思考为什么自己那么容易陷入低落的情绪中，如果能够像隔壁的小灰蝶那样率性地过活，不去思考这么多关于下一刻甚至明年或未来的事，恣意地追寻自己喜欢的东西而不过于在意其他人的眼光，是否就不会那么容易哭泣？

　　但，为什么就是做不到呢？

　　"社会对我们而言就是过于尖锐且带刺的。"

　　为了不要受伤，我们必须花费比别人更多的心力保护自己。向前的路总是举步维艰，但还是努力撑起微笑才能在大家眼里看起来"好好的"。你说，为什么要假装呢？想哭的时候就大声地诉说自己的难过，不好吗？但就是因为做不到才露出一副没事的表情呀。

书上说世界上有一类人特别容易共情他人的情绪，我想自己就是这样的吧。世界明明是如此的歪斜又残酷，每天都有人被伤得体无完肤，人们却不停看着那些可能不会发生在自己身上的美梦与故事，催眠自己一切都是建立在公平的机制上，置若罔闻那种根本称不上是公平，而是一方隐忍与一方蛮横的平衡。

　　每天似乎都发生着糟糕透顶的事，例如，烈日下远方的村落冒起了浓烟，我的邻人却从未有哪天我们的森林也会起火的危机感；例如，冬末的蚁丘被顶头树梢不停滴落的融雪堵住了出口，却只有我感受到兔死狐悲的忧愁。

　　那些受伤的人与我素昧平生，我却因为听到这些消息而不小心泪流满面。明明是被恐惧与悲伤驱使而出的情绪，却被视为情绪化的病症，到底什么才是人家标准中的"正常"？

　　如果社会对没有犯错的人这么苛刻，又怎么能期待他们毫无保留地去依赖且相信这个世界会把一切的坏变成好呢？又怎么能一边要求大家敞开心扉，一边纵容那些把忧郁视为异常，并把"不快乐是因为你不够努力"挂在嘴上的人？

　　我行经的地方总落下许多鳞粉，好像自己每分每秒都会流失并散落各处。他们说蓝色是湖水染出来的颜色，若我死了必会被制成标本；我说蓝色是忧郁的颜色，不懂你为何要收藏。

　　昨天我终于去见了树屋里的猫头鹰医师。他说："你的血清素很不乖。我们开个药让它不要这么不稳定，因为它提高了焦虑不安的门槛。"他敲打键盘的方式如此熟练，或许我对他来说已经是症状最小的病患。是呀，它们不乖不是我的错。我一边安慰自己，一边担心会不会因为吃药而失去警觉心反而遭遇不测，那种感觉既矛盾又令人哭笑不得。

　　于是我终于学着和焦虑共存，学着让触角感受到花香的时候不要太快遗忘，学着欣赏鳞粉掉落时在阳光下折射的细碎光芒。

　　不再把得到的当作侥幸，不再把失去的当作末日。

　　所以亲爱的你，我想告诉你，觉得世界很尖锐并不是你的错。

我想告诉你，即使世界充满歧视与冷漠，仍不要忘记你之所以感到喘不过气、与别人的情绪有所共鸣，都是源于自己那微小的善良与同理心。

　　我想告诉你，别为了把自己塞进社会框架而丢掉那些真实的情感，既然生来是一个有血有肉的灵魂，就不要抹杀了生命赋予自己的情感。

　　你很好，这样就已经足够好了。

　　希望每当迷惘时你都能重新阅读这封信。

　　祝好！

——大蓝闪蝶

给十年后的你一封『勇气』

MAIL · 2020

06

你不是也费了很大的力气，
才让自己看起来好好的吗？

亲爱的你：

十年后的今天，你还好吗？

若十年后的今天你还安然地活着，并且记得从南方小树屋门口数起第三棵苹果树下挖出装着这封信的铁盒的话，那就太好了。

希望现在的你已经治好身上的大病小病，不会因换季而触发过敏，与漫山漫谷的卫生纸做伴；不再遭受过往行人误以为你是重感冒而抛出来的谴责眼神。

你再次走访离森林非常遥远的大海了吗？即使被咸咸的海风吹乱了毛发，你仍能够像小时候那般开怀大笑吗？我觉得七月的浪花很适合我们，只有在阳光灿烂时我们才不会对海浪感到恐惧。或许，你已经不会害怕海面上略显深色的区域了呢？如果是这样就太好了。

现在的我总是对靠近自己的东西感到惴惴不安，却觊觑那些遥不可及的存在，比如大海，比如无根藤，比如已经远走的他。人总是这样患得患失，但或许这十年里你已经失去够多，现在已经不再憧憬彼方。

遇到挫折时，你还会装作毫不费力的模样，却把悲伤与无力留在夜深人静里吗？你隔天还会继续假装若无其事的样子学习着、工作着，告诉周遭的朋友只是前一个夜晚吃太多咸食才会稍稍水肿吗？

被误解的时候、被给予负评的时候，你还会在朋友们面前故作坦然地说都没关系，其实却不由自主地垂下眼睛吗？早在儿时，我们就知道人言可畏，并被贴上了属于我们的标签，诸如"狡诈"与"阴险"，还有我们的眼睛可以勾魂摄魄的讹传。

明明知道都是偏见，却仍辛酸委屈，究竟是我们不够勇敢，还是旁人过于刻薄。他们可以一边称赞尖尖的耳朵与鼻头代表聪明，一边擅自揣测我们会把聪明用在错误的地方。希望现在的你已经不再畏惧流言蜚语，也爱上了自己琥珀琉璃珠一样的眼睛。

这时的你用力地去爱过了吗？成功实现了和喜欢的人

在满是红叶的枫树下一同玩耍的愿望了吗？跟他分开以后还会哭得撕心裂肺，却佯装坚强地撕碎每一封手写信吗？还会在看电影被触及心事时，那么容易一不小心红了眼眶吗？

一直以为自己是个不爱哭的人，以前摔倒的时候明明一滴眼泪都不掉的，怎么长大后，却渐渐习惯泪痕在脸上逐渐干涸的那种酸涩感呢？

如果可以的话，真想叫你不要对每件事都那么费尽心力，不要对每个人的评价都那么在意，留一个空间给自己休息。其实，你可以不用每天都那么努力，但我知道你把对每件事的执着和实践当成认真活着的证明，也只能无奈地帮你加油打气。

你一定会成为一个令我骄傲的大狐狸。

祝好！

——狐狸

相爱以后，背道而驰

邮戳为凭——

07

这些年，我们都学会了先爱自己，别人才会爱你的道理。

亲爱的你：

距离我们分开的日子，已经过了一百零八天；距离我们第一次见面的日子，大约过了一千两百零八天吧。没有我的日子，你过得如何呢？

小浣熊说，让自己变得恨你一点儿，比较不容易难过。比如讨厌你在最后的日子里偶尔不复温柔，比如讨厌你总是粗心而让我疲于奔命，比如讨厌你和我彼此耽误那么多青春……可是我却做不到。

因为，想起你的时候，先映入眼帘的依然是那些温暖。比如我们一直都是彼此最佳的倾听者，偶尔还会开着鹅黄色的月球夜灯坐在床上聊天；比如我们喜欢吃的东西很相似，而你总是宠着我，让我选择晚餐内容，然后像魔法师一样煮出那些香气扑鼻的料理。

一个人吃饭的时候，听到邻桌的孔雀谈论我们曾计划造访的地方，他们说那里有难能一见的海棠红垂樱，我想听得仔细些，把这些记下来告诉你。突然那一刻，才想起我们已经分开的事实，然后悲伤如水赴壑，逐渐漫过曾经熟悉的对话，眼泪便不由自主地掉了下来。原来积习难改，但其实难改的不仅是习惯。

分开的那天，你把自己的衣物和生活用品收进背包。我突然觉得很可笑，因为生活的痕迹不只是那些双目所见的物品，更多的是刻在时间上的回忆。衣柜的空间变大了，可是那些空旷仿佛还缭绕着之前的生活气息，我到底该怎么做才能不再想起你？

"提出分手的那一方还哭哭啼啼的，这样是不是很坏？"

"可是明知道最后会分道扬镳，还像装傻一样继续下去难道会更好？"

小浣熊不知道怎么才能让我止住泪水，只好递给我一颗茶色橡果。我把橡果摆进衣橱的空位，但似乎无法让自己更好过。

趁我们还在爱的时候停下脚步，把这些尚存于心的喜欢好好记下来。这些年，虽然我们都愿意把对方写进未来的计划里，却总在每一个岔路口选了不同的道路。你想待在森林里安居乐业，找一份能存到钱的工作即可，然后开一间树屋小店，我煮咖啡，你负责下厨。可是我向来想到森林彼端寻找自己想做的事，听闻那里有大河，可以学到这里学不到的东西。

你逐渐发现，那份能存钱的工作是如此枯燥乏味，宛如正在消磨自己的热忱换取金钱，而我却在这时收到从大河寄来的录取通知书。

"我可以等你回来。"

"可是未来，我不知道……我甚至不知道自己会不会回来，不知道自己会不会在三十年后才想要回到故乡定居下来煮咖啡。"

"我不会变心，还是你怕自己变心？"

"从来都不是变心的问题。"

你知道吗？我们都不是把爱情放在第一顺位的少男少女了。和你相处的一千多个日子里，我们都学会了先爱自己，别人才会爱你的道理。所以当理想与现实排在爱情的顺位之前时，我们早已往不同方向前进。

现在，我在前往大河的途中，今天落脚的客栈外有一片琉璃唐草的粉蓝色花海，房间里也有一盏月球形的夜灯。在这三个月之中，对你的喜欢与爱是否会渐渐减少，我并不确定。我只是想把这些感谢与想念写成一封信，或许来年的某个晚上，把它放进邮筒。

祝好！

——松鼠

虎鲸与抹香鲸的故事

漂洋过海的明信片——

MAIL

2020

08

温柔久了，好累，
我悲伤的频率可曾有人愿意听见。

亲爱的你：

　　我依然记得第一次见到你的情景。我正在缓缓下坠，抬头却看见了从海面一跃下潜的你。你好像那颗从天空中突然掉进海中的蓝宝石，折射着晶莹剔透的光，就这样直直撞进了我的眼睛。从此以后，我的瞳孔里便印上了你，浅浅地倒映出深邃的念想。

　　大海中有一则传说，传说鲸落海底的那一瞬间，就是往后十五年里深海生命孕育的开始。当鲸鱼闭上眼睛缓缓沉入海底，便会化作点点星光滋养整个深海，使万物繁盛。人们说，那是鲸鱼留给海洋最温柔的遗物，但我却认为温柔久了好累，为什么连到了最后，都不能留一点儿给自己？

　　那一天一如往常，我像一家不收取任何挂号费的医院，细心地照顾每一个受伤的病人直至痊愈，然后对方说"谢谢""我真的喜欢过你"，之后便消失在我的频率里。那时候，我觉得"喜欢"这个词似乎过于廉价，我拿出了全部的赤诚，天真地以为自己是那个陪对方度过忧伤低潮，然后能够相伴到老的命中注定的人。可是他们却把我当成休息疗伤的中继站，说着信手拈来的爱，然后带着完好崭新的皮肤昂首离去，徒留我伤痕累累。

或许那些声波的共鸣都是假的，而我真正悲伤的频率，没有人能听见。

即使心底仍然渴望，我却渐渐地不愿意再相信世界上有真正的爱情。大海里有几万种动物，每日匆匆错过彼此。瞬息万变的出生与死亡，要怎么奢求才能遇到一个真心相待的人呢？

邻家的小鲨鱼曾经问我："鲸鱼哥哥也会哭吗？""啊，应该不会哭吧，因为你很温柔、很勇敢，爸爸总说我太爱哭了，所以我想和哥哥你一样勇敢。"

他对我用稚嫩的口气说了像是赞美的话。其实，哥哥一点儿都不勇敢。而我只是笑着摸摸他的头，什么话也说不出口。

从眼角掉出的泪珠细细地化为气泡被阳光折射的那一

刹那，会有人留意吗？泡泡随着海波的浮动缓缓上升，而我轻轻闭上眼睛，想让自己随着水纹下坠。

心里分明是漆黑一片，却生活在由万种蔚蓝堆砌而成的大海里，偶尔阳光射进海里的时候，那种明亮的碧蓝如黛与我是那么凿枘不入。如果能够化成鲸落，也算是始终如一地温柔对待所有人了吧，除了我自己以外的人。在远古洪荒之前，鲸鱼坠落海底的时候会发出声响吗？那些回音会不会比平时在心底听到的孤寂还要空洞？还是早在接近海底之前我就会化为万点莹莹，再也不会跟空旷寂静的深海共鸣出荒凉的声音？

身旁的水色越来越接近靛青，忽然有一道影子遮住了光，于是我睁开眼睛，那便是第一次见你的模样。

你说："你还好吗？需要帮你什么吗？"

我想说一点儿都不好，明明想要永眠，却又暗自期待有人能将我接住。于是我说不出话，只是怔怔地看着你向我游来。

"你……在哭吗？"

你露出关心的表情，却又突然意识到自己的问话好像有点儿失礼，像怕打扰我独处一样停了下来。

于是，你成了第一个看见抹香鲸眼泪的虎鲸，即使在这四周晦暗的海里，仍注意到了我眼角那一点儿微弱的希望正在随着眼泪从体内往外流逝。在那之后我们说了许多话，才有了现在努力学习怎么把自己放在第一顺位的我。

小虎，而今你即将远行。夜里难眠，所以我想把这些写下来寄到你新家的住址，然后做你坚强的后盾，待你平安归来。

祝好！

——抹香鲸

以为你都懂，却其实没人懂得

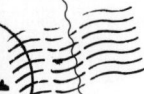

MAIL

2020

集邮手册————

09

或许我们都长大了，
却丢失了道歉与和解的勇气。

亲爱的你：

　　与你无话不谈似乎是很久以前的事了，那之后我们都有了各自的新生活，曾经说要参加彼此婚礼的你，却在我往后的生命中缺席了，不知道你偶尔想起时是否会觉得惋惜呢？

　　这年仲秋，最后一片红叶落下之前，松鼠与他曾经那么深爱的那个人分开了。我忍不住在想，你是否会在心里暗自欢喜，又期许着你并没有变成那样抱着恶意的人。如果我们没有吵架，你是不是也会和松鼠变成挚友，然后三个人一起走过这个过于清冷的秋天呢？

　　起初的你单纯爱笑，却有着容易吃醋的性子；而那时的我太过年轻，少了如今的沉稳与同理心。后来的你，开始对不甚亲近的人保持警惕，还有了一点儿不外露情绪的成熟世故，我开始觉得你难以读懂。或许那是一种地盘意识吧，当那个不太相识的人成为我除了你以外的朋友，即使对方没有任何想取而代之或敌视你的心态，我想，你还是会有珍视的人、事、物被夺去的不安吧。

最初松鼠搬来村庄时，他便与住在邻家同龄的我成了朋友，后来我把他介绍给你时，虽然感受到了你的不悦，却也没有仔细理解你的气愤。当时的你是个情绪表露无遗的人，这样的任性脾气却也给了我理直气壮责怪你的理由。

"你不能对朋友占有欲也那么强啊。"

其后，我们之间的关系就这么不近不远。直到某一天午餐，我告诉你松鼠有了喜欢的人，而那个人，正是你曾经在意却从未主动靠近的对象。你立刻追问他们的关系变得如何，在我说出他们决定交往时，你红了眼眶。

"为什么连他也要抢走？"

于是，你责怪我没有站在你这一边。当时的我正值想要变得成熟独立的青春期，对于选边站的情绪本能地感到排斥且觉得幼稚。

"你根本没有追他，我要怎么站在你这一边？"

"那是因为我还想跟他相处久一点儿！"

"那你怪我有什么用？"

"我以为你懂！"

我以为你懂。是啊，我们曾经最了解对方，交换着心事，参与了彼此长大的每一个瞬间。但那一刻我眼里的你，只考虑自己而不顾他人感受。

"每个人都有些许缺点吧，能够互相包容才能称得上是朋友。"曾对你那样说过的我，却忘了自己曾说过的话。最开始的时候，我就已经暗暗不悦于你对松鼠的排斥，当双方都不愿意认真和解时，接下来的相处又怎么可能和顺呢？

直到你搬离森林的那一天，我们都未曾再说任何一句话。十几年从小相伴的友谊戛然而止，没有一方愿意先敞开心房，也没有一方愿意先给彼此一个冰释前嫌的机会。

之后的许多个夜里，我常常想起我们是如何一起长大，当我感冒咳嗽时，你是如何在下雪的夜晚端着一大碗冰糖雪梨到我的房间；当你难过时，我们是如何翻出学校的围篱，躲到森林里的向日葵花海中吃午餐……这些少时回忆是那么的快乐，我们却已经不清楚对方的近况，甚至不清楚对方现在的面容样貌如何。

现在才写信道歉是否太迟了呢?

就像小时候写过的无数纸条一样,这次也会和好吗?
或许我们都长大了,却丢失了道歉与和解的勇气。森林里
的向日葵花季已近尾声,你那里的花草树木又是如何呢?

静候回信。

祝好!

——浣熊

想将那些过往寄到远方

航空邮件 ——————

MAIL

2020

10

忘记一个人需要很长的时间，
不要总是催促自己，好吗？

亲爱的你：

　　每当在森林看到牵紧彼此的情侣，总还是会不小心露出些许落寞的神情。曾经我也是其中一个笑得阳光灿烂的人，即使是烦闷的雨天也能因为与你共撑一把伞而变得有趣。

　　"我们一起买同样颜色的雨鞋好吗？"

　　"好，黄色的吗？跟雨衣配成一套。"

　　"好呀。"

　　在烟雨茫茫的梅雨季里，我们是彼此眼中最明亮的那个人，在石砖排列参差的桥上与芦苇并肩散步回家。后来那把透明的双人大伞，成了装载我所有破碎感情的小船，载着我想丢弃的一厢情愿，在雨季里顺着溪流远远地漂流到了山后面看不见的地方。

　　而今，我仍是那个站在桥上，看着一缕缕如丝细雨打进小溪里的行人，只是傍晚时分骤雨初歇时，水洼中倒映着踽踽独行者，仅我一人。

金丝雀问我，是怎么那么快放下一切将你忘记的？在她眼里，或许我的坚强趋近于冷漠，对于一个爱了好久的人，怎么能用一天的时间就把相簿全部搬到森林外的回收厂丢弃，再把所有一起买的东西全都装箱封起，她不禁觉得我的适应能力过于强大。

"你现在全部丢掉，真的不后悔？"

"我是被分手的那一个啊，才不要留恋什么。"

"你们不是才谈了一次吗？或许还有沟通的余地……"

"就算现在他回来找我，哪怕是提分手后的下一秒他就后悔，我也不会再和他交往了。"

我一边装箱，一边擦干眼泪，利落的动作让我们两个都笑了。金丝雀本来担心的神情似乎也因为我还能笑得出来而放松了一些。

她或许也隐约知道，越是这种时候，我越是会佯装坚强。你或许也为此感到困扰吧，这些年相处的日子里，多多少少因为我的好强与爱面子而让你疲倦。这种不轻易低头的个性，总是伴随着对他人眼光的在意而来。对于那么好强的我来说，被喜欢的人抛下，甚至被检讨了性格上的缺点，都是一秒也不愿意再回想起的事。

但每到夜里或经过曾一起走过的地方，我还是忍不住惶恐。

还有人会像曾经的你一样爱我吗？你也曾无微不至地照顾过我，难道我的性格让你失去了耐心吗？失去你的我，还有能力再全心全意地爱下一个人吗？这些问题的答案总是伴随着月亮缓缓落至地平线之下，没有解答。

其实我也清楚，自己并没有像表现出来的一样，那么快就把你忘记。即使让生活塞满了工作与朋友，即使一点儿时间都不留给自己，但我仍知道自己是在逃避独处与思考的时间。这些日子，我一直在努力地忘记你，回忆却像天罗地网，总是在不经意触及时铺天盖地而来，最后，我发现需要依靠的仍是时间。就像伤口一样，不会因为把它遮住而痊愈得比较快。结痂时的阵阵发痒不适，留疤时的沮丧惶恐，这些都是必经的过程，一刻也不能勉强催促它加快速度。

今日驻足在桥上，雨后的一束束阳光洒在桥面，亮得有些刺眼。我终于不再执着于那艘装满悲伤的小船在什么时候又漂到了哪里，也终于不再觉得你的身影是日常中最明亮的风景。

祝我们都重新找到爱人的能力。

祝好！

——翠鸟

文学少女的忧愁

森林挂号信 ——

11

或许哪一天
我也能学着拥抱自己的独一无二。

亲爱的你：

　　听说空着收件人一栏，仅在地址栏上写下"松果路四十四号"，并贴上一张印着四时花木的邮票，就能把信寄到森林的邮筒里。有人说收信的是一匹从寒冷北方移居而来的狼，有人说不是，但如今我觉得无论是谁阅读它都已无关紧要。

　　有人能阅读我的哀愁与自卑，甚至会让我抱持着比恐惧更多一点儿的慌张。

　　一个名为厨川白村的人类文学作家说："文学是苦闷的象征。"当感到烦恼时，我常用这句话安慰自己，却生怕它从我笔下映射出来的不是文学，仅是如一团难以解开如乱麻般的文字。

　　有个女孩问我，我何不尝试写点儿东西给别人看呢，何不尝试成为一个"作家"？但是，会有人愿意读我写的那些，可能称不上是文学的文字吗？或是哪日我也会写出被时人所遗忘的烟柳风丝拂岸斜，却被九百年后像我这样平凡的少女所垂泪并惦记吗？

住在森林里的你，会害怕春天吗？我想肯定是不会的。书上说的"春日迟迟，卉木萋萋"必是你习以为常的风景。因为那些绽放的杏桃花与杜梨受你倾慕，所以才连邮票都被要求要以花草为主。

可是，我却害怕春天，害怕百鸟争鸣的声音盖住我微弱的气息，害怕身边所有盎然使总是缺乏自信的我格格不入，害怕同辈的女孩们都是飞舞的凤蝶，我却是自缚的春蚕。

无论是待人处事的方法还是表达自己的方式，我总是学得比同龄人慢，却在想要模仿她们时，害怕自己是东施效颦，困窘又局促不安。所以我总是不主动与其他人攀谈，如果没有开始，似乎就能避免在一段关系结束后，让对方觉得我难以相处的局促。

这阵子我不断定义着自己，再一次次推翻它。

忧郁的时候，我总会翻箱倒柜，找出记忆中几个觉得自己表现不好的时刻，反复地演练着，如果能重来，该在哪一分哪一秒说出怎么样的话，才能成为他人眼里好相处的人。

有个短发女孩告诉我，我就是我自己，这样已经很好。我问她，像她这样有主见的人，也会偶尔质疑自己吗？

她说："当然会的，每个人都会，请你相信自己也是会有人珍惜的独一无二。"

我会是唯一傻傻相信这个传说，并满怀期待把信投进邮筒的人吗？这封以二手市场买到的酒红火漆封缄，并贴上了十元杜鹃邮票的手写信，最后会不会沦为存局招领，终被销毁的灰烬？

　　如果没有交到你手上，或许下个月的我就会庆幸自己的幼稚没被任何人发现。假如你真的读了这封信，希望你能用那翻开过很多个故事篇章的双手，梳开我的文字，从中把怯懦找出来，然后等到下个梅柳渡江春的日子时把它们放进河里。

　　祝好！

——亦舒

第二章

如果鲨鱼也能很温柔

01 ▌ 离家

什么是温柔？在这弱肉强食的世界里，温柔的物种难道就只是弱小而已吗？

"你为什么总是这么懦弱？"

砰的一声，小鲨鱼甩上了门，门上的铁铃铛被甩得摇摇欲坠。又是这样的一天，与父亲争执不下并以关门声强硬地结束话题，这可以说是最近鲨鱼家的日常。

父亲是退役军人，作为海底秩序的维护者之一，他不苟言笑且严谨自律，有着杀伐决断的戾气与威严。在他的教导下，"鲨鱼就该凶狠独立、坚忍勇敢，并且要赢过所有人直至站上顶峰"这样的观念，早已深深烙印在小鲨鱼的心中。然而随着年纪增长，小鲨鱼对于这样的观念有了疑惑。

一开始的他，并不知道这种异样来自哪里，也找不到适当的措辞来向父母形容内心的感受。

"凶狠"的对立面是什么呢？他向母亲委婉地提出

自己的疑惑，母亲听了却摇摇头告诉他，答案是什么并不重要。

"因为爸爸比你生活的时间久，经历的风浪也比你多，他所告诉你的都是他的经验，是不想要你将来吃亏啊。"

"可是……我还是想知道……"

"乖，爸爸都是为你好呀。"

于是，近日小鲨鱼压抑着内心的冲突，想仿效父母亲的待人举止，但每当这种时候，他的心里却总会冒出一个声音："其实你没有想象中的那么强悍。"

每当他看到比目鱼同学把自己的考前笔记毫不藏私地发给同学时；看到剑旗鱼同学在竞赛中停下来为受伤的对手包扎时，这些异样的感受都像细细的针一样不断刺痛着他，提醒他应该去寻找答案。

信念一旦有了裂痕，原有的坚持也会开始崩塌。曾经他以为"长大"是一条笔直的路，在远赴的路上，他能抛却所有"不适合鲨鱼"的东西，比如"细腻"，比如"胆怯"。以为长大了，自己就会越靠近父亲描绘的理想鲨鱼模样，而今却发现自己越去尝试越是无所适从，渐渐迷失了方向。

忽然有一天，他在书中看到了一个叫作"温柔"的词汇。书里写了几篇故事，但对这个词汇并没有详加注解。作者是一只海马，他还没遇到过这种生物。

向父亲表达疑问后，父亲却严厉地训斥了他，并再度开始了关于鲨鱼本该强大的谆谆教诲。

"什么叫'温柔'？在弱肉强食的世界里，温柔的物种就只是懦弱的代名词！"父亲长年习惯军中的条条框框，似乎总觉得"正常的鲨鱼"就应该如此，比如身为女子的母亲就该既贤惠又不失属于鲨鱼的稳重勇敢，又比如身为长子的哥哥就该跟随父亲踏上军人之路。大家各司其职，整个海底世界才能正常运作。

"大海有它的规则，如果每个人没有在自己的岗位恪尽职守，世界就会一团乱的。"

小鲨鱼听了还是迷惘，他想告诉父亲温柔与懦弱应该不一样，却找不到适当的字句，总在说到一半时就被父亲大声打断，最后无功而返。

父亲喜欢刚硬的事物，比如击剑与刀枪。幼年时他曾随着父亲一同去看铸铁师傅打磨利器，他永远记得父亲与师傅滔滔不绝地聊着武器的款式及材质时的情形，长他两岁的兄长听得入神，他却觉得枯燥乏味。

最近他才发现，自己看着母亲带回家的裱花蛋糕，与哥哥看着那些金银铜铁时的样子非常相似。

同样身为父亲的儿子，为什么他们的想法会差这么多呢？

与父母的亲朋好友聚餐时，父亲总是骄傲地说着他脸上与身上数道疤痕的故事，那个样子就像是在细数自己的功绩一样，脸上藏不住豪迈与自信。最后，他再拍拍哥哥的肩膀，一脸欣慰的样子仿佛是在庆幸自己后继有人，将来儿子能延续自己的英勇与骄傲。

"可是疤痕到底有什么好骄傲的，那不是暴力的证明吗？"

这样说不出口的纠结，总是隐没在众人"虎父无犬子"的大声赞叹中，仿佛这个问题是不应该存在的。然后，他便会在众人聊完欲开启下一个话题时受到视线关注。大家七嘴八舌地提出几个陈腔滥调的问题，但问题的答案如果不符合预期，便会被以"建议"为名的议论纷纷给掩盖。

有一次他不小心和哥哥说了，那样的聚会都是所谓的"逢场作戏"吧。哥哥却指责他是因为没被称赞而出言不逊。母亲则说这就是大人相处的方式，大家偶尔互相关心，没什么不好。

　　小鲨鱼每次都觉得这些人并非真心想知道他的想法，只是在那样的氛围中顺水推舟问了一下，美其名曰"关心"而已。他们关心的并不是小鲨鱼本人，而是"爸爸的二儿子"。他们口中说的那些适合他做的事，无一不因他是一条"鲨鱼"而提议，仿佛他生来就该去做这些凶狠的工作，强悍地维护和平并保护弱小。然而，没有人真的静下来听他真实的想法。

　　"他处在叛逆期，所以才每天顶撞爸爸。"兄长和母亲如是说。

　　仅是想表达自己的想法，就算是顶嘴吗？仅是想被听见，就是一个叛逆的孩子吗？小鲨鱼觉得自己的声音仿佛连同无数个细小泡泡，在那一刻一起被带上了海面，在缺氧之前了无声息。

　　又是一个与父亲争执不下的日子，夜里小鲨鱼越想越迷惘，辗转难眠，打开夜灯看到床头柜上的家庭合照便愈感难受。照片中的自己曾几何时开始看起来格格不入，难道就如父亲所说，自己才是那个不合群的鲨鱼吗？

蓦地，他迷迷糊糊地想起一个故事，是关于一个拥有两只脚的人类旅行者离开家乡，只带一个大背包就前往北方大陆探险的故事。故事里的人类对一切都感到好奇，在家乡他遍寻不得能够给出完美解答的人，于是启程到远方寻找答案。故事的结局是怎么样呢？迷糊中，他似乎想了起来，却在答案呼之欲出前沉沉睡去。

02 | 逆流

如果没有逆流而上的勇气，
那就先顺着洋流踏上旅途，
在每一个岔路口寻找心之所向吧。

翌日，母亲打开小鲨鱼的房门时，房里已空无一人。折叠整齐的棉被上放了一张信纸，上面写着他的决定。"爸爸妈妈，关于那些你们无法回答我的问题，我决定亲自去寻找答案。"

很久很久以后，他曾想过这样的任性妄为是否伤了父母的心，却从来没有后悔过这一次的流浪。

"他那么固执，是该出去历练一下，这样他就会成熟一点儿了。"

父亲总是这样，用冷硬的话语包装每一种情绪。母亲知道他是担忧的，却也不愿意说破，只能默默关上床头那盏因小鲨鱼怕黑而买的夜灯。

小鲨鱼独自离开了熟悉的海域，没见过的墨绿水草缠绻一旁，阳光透过海波层层洒下，宛如点点光亮被泼进了偌大的深蓝色水缸。他为此景着迷，于是慢下速度，想要看清楚层层堆叠的蓝是怎么与阳光摇曳出不一样的风景的。

忽然间，他注意到了斜上方的海域有一条宛如白色丝绢的洋流，附近的鱼群越过了他，顺着水流游进了那条明亮的隧道里。

如果爸爸在身边，应该会不满地训斥他吧。身为那么大的鲨鱼，随随便便让一条条小鱼超越自己，还对着一条洋流犹豫不决，是何等不妥当的行为。

小鲨鱼看着那道白色的光，耳边回荡起父亲曾说过的话："世界的规则就是如此，为何要把时间浪费在犹豫上？"对父亲而言，犹豫就是畏首畏尾的表现。但小鲨鱼清楚地知道，有时他并不是犹豫要不要去做，而是想知道为什么得这么做。若世界有其规则在，那么制定这些规则的原因又是什么呢？

小鲨鱼随着水波向前，游进了乳白色的洋流里，水流外的景色开始变得模糊，他已经看不见刚刚停下来欣赏的那些斑斓多变的珊瑚。

进入洋流的时候，小鲨鱼已经看不到刚刚超越他的那几条小鱼了，取而代之的是控制不住力道，差点儿与自己相撞的海龟。

"噢，抱歉、抱歉。"

"嘿，请问你这是要去哪里？"

"我们要去北方，顺着这条洋流就可以到达。"

听见北方，小鲨鱼想起了那个人类探险家的故事，略感兴奋地接着问："北方，为什么要去北方？"

"有人去那边生孩子，不过，我只是想顺着洋流一探究竟而已，没有什么目的。"

小鲨鱼顺着海龟的目光看去，不远的前方似乎有几只女性海龟的背影正快速地离他们远去。

"那里有什么呢？"

"不知道，反正到了就知道了嘛。"海龟随性地说。

这种没有计划的前行，正好与小鲨鱼的流浪一样，于是他决定随着洋流与海龟先生一起往前。

"海龟先生，你到达北方之后要定居在那儿吗？"

"我不知道耶，到了再想吧。"

面对海龟的轻松与自在，小鲨鱼略感疑惑。毕竟在学校里，每个老师都爱鼓励学生计划未来，即使根本不了解那个目标的实际内容，大家似乎也觉得来日方长，时间到了自然就会理解。

"海龟先生，你没有什么想去实践的事吗？"

即使知道这样的询问似乎有些失礼，但小鲨鱼很想跟在这趟旅程第一个遇到的对象攀谈。海龟似乎感受到小鲨鱼的疑惑："以前多少都有吧。你想问的是这个吗？以前还在学校的时候，老师都会问，然后大家此起彼落地回答一些听起来很酷的职业。"

海龟稍微思考了一下说："但是长大后就会发现，所谓的'梦想'呀，如果没有天赋是很难实现的。所以我只想顺着洋流走，无论最后北方是什么模样都无所谓，无论是好是坏，反正大家都在那里过着安稳生活，这样就够了吧。"

后来他们一路无话，却还是并肩向前，直到头顶的温暖阳光被银白的月色替代之前，海龟先生才打破沉默开口和他说了一个故事。

　　原来那是一个关于海龟想成为深海潜水员的故事。

　　故事的开头，主角因为听闻了海底有许多会发光的鱼而想要一探究竟。飞鱼曾告诉他海面上可以看得到"星空"。所谓的星星，是漆黑夜空里那些熠熠点缀的微光。传说中，深海与星空的景色是一模一样的，于是他便以此为目标努力着，报名了训练班，每天早出晚归地练习。虽然身边的亲人朋友表面上对他给予鼓励，他却能感受到他们的不看好，即便如此他还是不畏艰难地持续努力。

　　故事的结尾，主角始终无法潜到一千两百米以下的海域，他每日看着那些拥有身体优势的同辈们不费吹灰之力地往下游，自己却被压得喘不过气，心寒又沮丧。结束训练的那天，教练告诉他，或许有些需要天赋的梦想很难用后天的训练弥补，但是他的努力一定不会是徒劳无功的。但他并没有回答，最终黯然放弃了这个目标。

　　"后来那位海龟去了哪里呢？"

　　"……我不知道。"

　　海龟先生说得漫不经心。小鲨鱼默默想着，这个"朋友的朋友的故事"，是不是就是海龟先生自己的故事？
如果他不愿承认，是不是对于自己放弃梦想的事感到不甘
心呢？

　　小鲨鱼想起了自己那个小小的憧憬。或许那根本称不
上是梦想，但每当提起未来时，浮现在他脑海里的都是自
己正在做"那件事"的画面。他未曾告诉任何人，因为那
个未来并不符合父母亲的期待。

　　没有天赋来实践自己的梦想，就该坦然接受然后放弃
吗？可是这样的自己会甘心吗？他毫无头绪，只能带着纷
乱的心情与海龟先生道别。

03 ▎捕食

即使面对暗流汹涌总要费尽心力
才能站得笔直，
你还是愿意挺起腰杆接受每个挑战吗？

　　小鲨鱼在温暖的浅水域看见了一个褚红色的身影。对方有着平滑且坚硬发光的外壳与宛如钳子般巨大的螯，近看，原来是一只正在忙着磨造石剑的螃蟹。螃蟹先生发现了身后驻足于此的他，似乎没空理睬，瞥了他一眼说道："这一带没什么鲨鱼，你还是别待在这里，快走吧。"

　　"为什么？这里发生了什么事吗？"

　　螃蟹斜眼瞅了瞅小鲨鱼，仿佛他是个涉世未深的孩子。

　　"这里有很多渔船群聚，每个月都捕走数以千计的鱼。大网子撒下来谁也跑不掉的，如果他们看到你的话……"

　　像是想要威吓小鲨鱼般，他继续说："你没见过捕鲨鱼的船吧？他们会把你抓到船上，在你吸不到氧气昏昏沉沉的时候，一刀砍下你的鱼鳍，再把你丢回大海。没有鱼鳍后，你哪里也去不了，只能带着强烈剧痛不停流血，然后下坠到深海底直至死亡。"

"实在是太可怕了……"

"你那尖锐的牙齿，应该也会被拔掉拿去做饰品呢。"

或许是因为小鲨鱼原本居住的区域离陆地甚远，他从未见过类似的事情。他不明白连凶猛的鲨鱼也这样任人宰割的话，渔船上载的到底是什么样凶残无比的生物？

注意到螃蟹先生手上一直没停下的工作，小鲨鱼忍不住凑近一看。

"螃蟹先生，请问你在做什么？"

"打磨武器啊。为了变强，我花了很多时间把它磨得锋利。"

小鲨鱼点了点头，想起了儿时的回忆。终于找到一个也想"变强"的人了，于是他决定请教对方的想法。

"螃蟹先生，在你眼中鲨鱼的形象是怎么样的呢？"

螃蟹先生没有抬头，但语气毫不犹豫地说："鲨鱼很好，体格强壮且游泳的速度比所有鱼类都要快。如果被抓了，你那两排尖锐的牙齿，或许比我磨了的剑要有用得多。既然可以当海洋中的王者，就一定要用尽全力当那个最强的。"

"可是……我不知道自己想不想当'王者'。"

"弱肉强食的世界里，像你这种有先天优势的强者是不会懂我们的感受的。"

螃蟹先生叹了一口气，似乎不想与年纪尚小的他争论太多。一道阳光洒进原就温暖的浅水域，小鲨鱼终于看清了他的面容，心里却是一瞬刺骨寒意。

螃蟹先生身上有一道深深的疤痕，从消失的左眼处一直裂到背壳的右半部分。

对方注意到了他的视线，于是坦荡说道："这就是我被捞上去后得到的。"

"被捞上去？"

才对渔船上的凶残生物有了恐怖的印象，却听到螃蟹先生从渔船上逃脱，小鲨鱼对他不禁产生了崇拜与敬意。

"是的，大概是四个月前……"

四个多月前，螃蟹一家正准备搬离这片海域，虽然不舍得这个从小生长的地方，但近年来渔船的滥捕让他们过得胆战心惊，邻居们也纷纷逃离了这里。许多熟悉的面孔都躲不过那些骇人的天罗地网，全被抓进了那艘将这里笼罩在恐惧与阴影中的大船。它们就像海上风暴，庞大的黑影能遮住灿烂的阳光，为家园蒙上一层漆黑。每当黑幕来袭，螃蟹们便会向左邻右舍呼喊暗号，催促大家赶紧躲进岩石缝或沙地里。

然而在某个新月之夜，夜幕笼罩无光的海面，使螃蟹一家及其邻居都没发现渔船悄然而袭。等螃蟹先生感受到天摇地动时，他们一家四口已经被装进了一张巨大的渔网，耳边传来邻居的尖叫声，他看见邻居拼命把螯伸出网格求救，却只扯断了院子里的几根海草。

蓦地，他们被拖离海面，摔到了坚硬的甲板上，一旁离了水的小鱼喘得奄奄一息。

"等他们把渔网打开，我们就快跑！"妻子急切地对他说。

他琢磨着如何下船，忽然瞥见脚下的一段绳子已被磨得只剩几根绷紧的纤维，他连忙用大螯夹紧绳子，试图把它剪断。

"现在！"

绳子终于绷断的那一刻，他把妻子与孩子硬是从那细小的网中推了出去，等他好不容易挤出渔网，地板却传来强烈的震动，几声沉重的步伐声排山倒海地向他逼近。

黑夜里，他看不见妻儿是否躲在船上那个杂乱的货柜之后，抑或是已经跳下了船。他只能一边呼喊，一边飞快地朝着海的方向逃去。终于到了船边，他回头寻找妻子与孩子，却只看见晦暗湿冷的海风里，一只生锈的铁柱向他刺来……

"……等我醒来，已经在家附近。但，只剩下我一个人而已。"

小鲨鱼看着螃蟹先生，他仅剩的那只眼睛并没有倒映出小鲨鱼的身影，只有无尽空旷的海洋。那只失去的眼睛，那道背壳上深深的裂痕，都透露出他刻骨铭心的寂寞。

后来，螃蟹先生拖着伤走回家，家园已是一片狼藉。一位邻居在家门口着急地盼望着，见到他便殷切地跑过来，慌张地问："螃蟹先生，你有没有看到我的妻子？那天，被捕进渔网的那天，她就在你身边，你有看到她吗……"

邻居的问话十分急促，他却越来越害怕说出真相，最后也只能用与那日的海风一样湿冷入骨的声音告诉邻居。

"没有，回不来了，全部都回不来了。"

邻居的声音戛然而止，像被敲碎的玻璃般全部化为细砂消散在海底。看着对方逐渐空洞的眼神，他仿佛能听见对方心里的声音。

"为什么活下来的是你呢？"

"后来剩下的人都陆续搬走了，这里只剩我一个而已。"螃蟹先生转过身，最后一句话他说得云淡风轻，但小鲨鱼却没错过他眼角闪烁的那一点湿润。那一瞬间，螃蟹先生逞强的模样让他莫名想起了父亲，父亲亦是强悍倔强的人，那么父亲在"变强"以前也曾挫折、沮丧吗？如果螃蟹先生也有健壮的体格与尖牙利齿，是否就不会留下身上与心底那么大的伤痕了呢？

小鲨鱼心底的迷惘更甚，最后还是问了螃蟹先生："那你为什么不走呢？"

螃蟹先生仍旧打磨着他的石剑，声音低低地说："逃跑是懦夫才做的事。"

04 ┃ 温柔的作家

我觉得温柔是一种能力。
感同身受别人的烦恼也许会使你忧愁，
但共鸣别人的喜悦也会让你收获良多。

离开浅水域后，小鲨鱼的心情更加低落了。耳边回荡着螃蟹先生在他离开前叮嘱的话："你爸爸说得很对，要比其他人都勇敢，必要时候得凶狠一些，才不会落得像我这个样子。"螃蟹先生的身形比他还小，却仍不放弃变强，天生就拥有游速与尖牙的自己如果不善用这些能力，是否很对不起那些想要拥有却得不到的人？

不知不觉，他游到了一个略为幽暗的海藻丛生之地。海藻并不高，只是盘根错节地形成一大片墨绿，放眼望去密密麻麻的丛林之间似乎没有任何居民。一阵暗流经过，水草晃动之间，小鲨鱼发现了一枚黄色钩子形状的物体，他游近一看，原来是一只海马。

在阅读那本海马写的书之前，他对海马的印象来自大人们茶余饭后的讨论。

"海马这种族群最奇怪了，长得不像鱼，而且竟然是由男性抚养小孩。"

父亲说得啧啧称奇，哥哥则追问那句话的意思。

"就是爸爸负责带小孩啊，只有雄海马有育儿袋，雌海马都不知道在干什么。"

小鲨鱼开口对海马说："你好，请问这里是你的家吗？"

这个庞大掠食者的不请自来，并没有让海马害怕，他转过身对小鲨鱼说："对，很不巧我的邻居们都出远门了，妻子也刚好不在家，不介意的话欢迎你来坐坐。"

他说话的声调不高，却有着不可思议的柔软，让小鲨鱼不自觉地很想继续与他攀谈，于是游到了海马身边。

"你的花园好漂亮。"

与螃蟹先生那早已陈旧并堆满杂物、石块的花园不同，海马家前面的花园充满暖色系的珊瑚与细小的花朵，风车被插在花盆上方，偶尔迎来暗流而唰唰地转着。

"谢谢，我很喜欢布置花圃。"

小鲨鱼感到讶异，他一直都认为照料植物这种细心的工作是女性专属的，连母亲都不擅长也不甚喜欢这种细腻的工作，就更别说是父亲了。父亲说，鲨鱼不该浪费时间在这些生活琐事上，有些鱼适合当警察，有些鱼适合当园丁，鲨鱼必定是属于前者。

"请问你的妻子去哪儿了呢？"

"她去工作了呀，晚上才会回来。过一会儿我要准备晚餐，如果有空也欢迎你留下来。"

小鲨鱼虽然心下感激，却越来越疑惑。这就是传说中的"家庭煮夫"吗？

海马先生似乎察觉了他的想法，不疾不徐地告诉他："我是家庭煮夫没错。虽然待在家里，但也十分忙碌呢。除了照顾孩子，还要准备一日三餐和整理家务。"

"孩子？"

海马先生摸了摸自己的肚子。小鲨鱼这才发现，对方的腰上有着一层薄薄的白色袋子，里面似乎能见到一颗颗圆滚滚的鱼卵。

海马先生把茶壶与点心端上了花园里的小木桌，他沏的茶有着令人放松的醇厚香味。草莓蛋糕上的鲜奶油打得恰到好处，小鲨鱼端详半晌，慎重地将一口绵密的鲜奶油花放进嘴里品尝。

"海马先生，蛋糕是你做的吗？好好吃。"小鲨鱼惊艳于在味蕾中绽放的滋味，忍不住睁大了眼睛。

"看来你也喜欢甜点呢，平时也会自己烘焙吗？"海马先生温婉地问道。

小鲨鱼脸上的笑容却渐渐退去。他放下了叉子。

"爸爸说，鲨鱼不应该学这种事情。他说煮饭这种事适合小动物，鲨鱼闲暇时间应该勤加锻炼，否则太浪费自己的先天优势……而且我的鱼鳍太大了，将来也会越来越大，可能不适合做这种细心的事。"

小鲨鱼越说声音越小，他担心这样的话是否有些失礼，但又无法隐藏这些萦绕于心头的烦闷。

"其实，我曾经也不想当家庭煮夫的。"海马似乎理解他的顾虑，以较为轻快的口吻继续说，"那时候有一点儿叛逆，觉得只有雄海马身上有育儿袋实在太不公平了。我还告诉我的父亲，以后绝对不要结婚，就不用背负这些责任。"

"后来呢？"

"结果遇到了我的妻子，我才发现自己喜欢照顾人的感觉。"海马先生说着又摸了摸肚子，"把家里的一切都打理妥当，让妻子回来的时候看见干净的房子和一桌香气四溢的饭菜，原本疲倦的样子都一扫而空，我很喜欢这种感觉。小鲨鱼，做自己喜欢的事或许要背负不同以往的责任，但那种满足与喜悦，希望你有一天也会理解。"

海马先生说得真挚，他的话像冬日里的烛火，仅仅一点就能燃起原就藏于小鲨鱼心中的大捆木柴。

"海马先生，请问你觉得'温柔'是什么？"小鲨鱼不禁想知道更多。

"怎么会问这种问题呢？"

"因为我之前看了一本关于温柔的书，作者就是一只海马。"

"我觉得温柔是一种能力。"

"就像爱人或是照顾人那样。当你选择要拥有温柔这种'状态'，就是想要用这样的心态来对待周遭发生的事。在选择当一个温柔的人之前，面对一些无关自己的事时，会迅速将自己抽离，不想承担那些事带来的烦恼；可一旦选择成为温柔的人，并用同理心去看待那些事之后，虽然会感同身受那些烦忧，却也能收获许多。"

海马先生在小鲨鱼的杯子里添了热茶。蒸气雾腾腾地遮住了小鲨鱼的视线，他忽然觉得自己应该重新审视过去对于同学们善良义举的疑惑。帮助竞争对手这种事，是不是让那些同学得到的满足比赢过他们还多呢？还是他们根本已经不在乎这种问题了呢？

那么"坚强"与"温柔"是不是与父亲说的不同，其实是可以并行的呢？

"或许你现在觉得自己不适合学习烹饪。"海马先生递了一块草莓蛋糕到小鲨鱼面前。

"但只要足够喜欢，你一定做得到的。"海马先生温柔地说。

05 ▎笨拙

也想做深海里温暖的发光体，
专心倾听你的所有烦恼。

告别了海马先生，小鲨鱼带着被填饱的胃继续前行。

海马先生说自己喜欢照顾人，选择当一个温柔的人。以往小鲨鱼对"照顾"的想象，是像父亲那样刚强果敢地保护众人的安危，维护家园的秩序；而海马先生温柔的嗓音似乎能够治愈每颗困顿的心，他用不一样的柔软照顾了自己。

今天的阳光有点儿耀眼，小鲨鱼带着愉快的心稍微向海面靠近了一些。他看见一条月亮鱼正在晒太阳，对方离海面很近，似乎隔着水面在与海鸟交谈。

小鲨鱼缓缓靠近，却在快要到月亮鱼身边时不慎吓跑了海鸟们。

"抱歉。"小鲨鱼对月亮鱼说。

月亮鱼没有生气，阳光下的他看起来心情十分不错，身上有点点银光，稍稍转动便折射出不同的灿烂。

"请问你们是不是都很喜欢躺在海面漂浮呢？"小鲨鱼想起了之前的传闻。

"对呀，这样很放松很舒服呢，还可以看看天空。"

天空。小鲨鱼想起了星空的故事，不禁问道："月亮鱼先生，请问你有看过星空吗？"

"好像有……夜晚漂在海面的时候，一切都很如梦似幻。有时候会觉得自己异常的清醒，有时候又会觉得夜晚所见的事物都像一场梦……"月亮鱼说。虽然这个答案十分模糊，但小鲨鱼却感受到他是在认真回答而非随意敷衍。

他们共游的路上遇到了很多鱼，几乎每一条鱼都热烈地呼喊着月亮鱼的名字，并同他打招呼。月亮鱼的外貌毫不起眼，却好像明星一样受欢迎。

"你可以跟他们一样，叫我阿月。"

这天，小鲨鱼头一次在这趟旅程中不再战战兢兢地思考关于人生的课题。

他们谈论洋流、分享去过的海域，也聊听过的奇闻趣事。阿月就好像一个温暖的发光体。以往当小鲨鱼说起自己的事情时，他总是担心说出来的话不够有趣，可阿月表现出的专心聆听的模样，使他不知不觉放松了心情。很早之前，小鲨鱼就发现自己不擅长开启话题，总是斟酌着与陌生人之间的距离，生怕对方觉得无趣或厌烦。如果是父亲，一定不会有这样迟疑吧，他说不清楚这样是为别人着想，还是像父亲所说的是胆小的表现。

阿月是一个有趣的分享者，也是一个耐心的倾听者。小鲨鱼不知道对方究竟是对每件事都很好奇，还是纯粹喜欢与人聊天。

"有一次我到了西南方，那里的海鸟跟我说，陆地上的人类以为我是漂浮在水面的大石头！"

"阿月，你去过好多地方。"

"对呀，还有很多地方没去！我的梦想就是环游世界，现在也正在努力中呢。"

其实，小鲨鱼听过很多说月亮鱼一族看起来很笨的闲话，但他却不这么认为。阿月虽然憨厚耿直，可说出来的话却宛如暖流，难怪刚刚碰到的鱼儿们都那么喜欢他。因为阿月都是以最真实的情绪面对他们。

"小鲨鱼，你以后想做什么呀？"

听到这个问句时，小鲨鱼想起自己此行的目的，却不再感到压力。他能明白月亮鱼的提问完全是出于关心与好意，和那些为了鼓励学生规划未来的老师们不一样，和那些把他视为"父亲的儿子"而提问的叔伯不一样。

终于，问问题的人真正在乎小鲨鱼的想法了。

小鲨鱼燃起了一丝希望。原本和海龟先生谈话以后，他偷偷地放下了自己的憧憬，想先处理好与父亲之间的问题。但随着旅行天数日益增加，他发现逃避自己的梦想，一部分也是因为身为"一条鲨鱼"的关系。

鲨鱼凶狠独立，适合做一些勇敢的工作，然后受人敬畏，这是他从小听到大的话。于是，他将自己喜欢的事情强行压下，不再继续往下想。

他想起离开家的那天湛蓝大海的风景，那种想把层叠蔚蓝都画在光滑如镜的蛋糕淋面上的冲劲儿。他想起偷偷在儿时好友家烤蛋糕时为派皮戳洞时的毫不犹豫，原来爱一件事情从来不应该畏首畏尾。

小鲨鱼深吸了一口气说："我想，做一个甜点师。"

小鲨鱼终于了解了，一直以来的逃避是因为害怕失败吧。害怕把憧憬变成梦想后，会招来四面八方的意见与目光，并在军警世家中成为一条特立独行的鲨鱼。

这些年来，他无视自己的兴趣与梦想，不停地催眠自己这只是一个小小的"憧憬"，然后裹足不前。他想起螃蟹先生说的话。

"逃跑是懦夫才做的事。"

从现在开始，他不想再做一个胆小鬼了。

"太好了小鲨鱼，等你变成甜点师之后要烤很多个蛋糕给我吃哦。"阿月笑呵呵地说。

"你会不会觉得，一条鲨鱼想当甜点师很奇怪？"

"怎么会！"阿月瞪大眼睛，"做什么工作和是什么鱼……没有什么关系吧。"

小鲨鱼点了点头。

"你很担心吗？"

"以前很担心，但从今天开始我不想再害怕了。"

听到这句话，阿月咧嘴笑了笑。

"等你变成甜点师，一定要第一个告诉我。"

"等我变成甜点师，一定会第一个告诉你的。"小鲨
鱼坚定地说。

06 ▎独立

希望你也能学会拥抱那些失去，
让洋流带走所有不值一提的闲言碎语。

小鲨鱼告别了阿月，独自思考着这几天听到的故事与劝告，思绪却缠绕成一团。虽然说出了自己的梦想，但实际上冷静下来后的他却又开始烦恼该如何回家告诉父母。对于和父亲沟通，他还是有些胆怯的。

他想起书上说过，海面以外能看到一种名为"雨"的水滴。那个需要跃出海平面才能看到的现象，像坠落速度很快的泡泡，却又像是从空中洒下的丝线。而下雨的时候，大海就会像今天一样灰暗。

但他这辈子是不可能见得到"雨"的。很多事情，无论再怎么想，最终都只是徒劳而已。

不知不觉，小鲨鱼向下游到了自己居住的深海域。距离海面越来越远，水色也成了幽暗的钴蓝，广阔的大海中偶尔能听见不知从何而来的几声回音，周围好像只剩下了自己。

　　小鲨鱼发现自己与父亲争执不下，其实并不是因为自己不像"鲨鱼"，而是因为自己不敢违背父亲的期许而产生的恐惧。

　　父亲用"为了你好"来要求他"像一条鲨鱼"，这并不荒唐，那是因为父亲一直以来都因为"鲨鱼"的身份而受人尊敬，理所当然地他也希望孩子像自己一样顺遂。那些"好"亦非空穴来风，小鲨鱼多多少少也在成长的过程中，感受到作为鲨鱼是一件值得骄傲的事。

　　如果去追寻一个截然不同的梦想，他依然能够拥有身为鲨鱼的骄傲吗？

　　小鲨鱼想起曾被嘲笑长得很丑的水滴鱼同学，想起被父亲说怪异的海马先生，他忽然厌恶起了曾经骄傲的自己。

　　想了那么多，思绪却没有变得更加开阔，小鲨鱼不禁气馁。微光之下，他看见沙土上好像有什么在移动。

　　在好奇心的驱使之下，他发现有一只寄居蟹隐居在那一片平坦的土地上。寄居蟹的大壳是米白与鹅黄交错的颜色，这让她可以隐身在色泽相似的沙土中。

寄居蟹被小鲨鱼的突然造访吓了一跳，赶紧躲进壳里，问道："有什么事吗？"

小鲨鱼礼貌地回答："不好意思吓到你了，我只是路过这片海域，刚好注意到你而已。"寄居蟹小姐看他年纪稍小又没有敌意，放下了一半的戒心，轻说了一句"没关系"。

"请问你一个人住吗？"

小鲨鱼四处看了看，以为会看到其他人，然而四周却空无一人。

"当然，我连自己的家都带着了。"

"我还以为寄居蟹们也会住在一起呢。"

"和其他人一起住太麻烦了，我并不喜欢这种生活方式。"寄居蟹小姐摇了摇头。

"自己住，不会觉得寂寞吗？"小鲨鱼小心翼翼地问。

寄居蟹小姐微微瞪大了眼睛，仿佛对他这个问题感到十分不可思议。

"怎么会呢？我觉得这样最自在了。不用迁就其他人的喜好、不用互相干扰作息，这样对我来说最舒适了。想要搬家的时候就搬，想要旅行的时候就马上出发，不需要绑手绑脚的。"

"那生病的时候怎么办呢？"

"好好照顾自己就不会生病了。"

寄居蟹小姐说得轻巧，小鲨鱼不禁佩服她的孑然一身。

"真厉害呢。"他不小心脱口而出这句嘀咕。

寄居蟹小姐似乎被他的单纯逗乐，笑了笑说："你是第一个这样对我说的。很多人说我孤僻、不合群，好像不跟其他人一起住是因为我身上有病毒还是什么的。"

她看向远方，似乎不置可否。

"不过我不在乎。他们怎么想，跟我一点儿关系也没有吧。"

"寄居蟹小姐，这里好安静。"

"太过张扬没有好处的。"寄居蟹小姐抬眼示意小鲨鱼往左方看。

顺着视线，小鲨鱼看见左方有几枚空空如也的大扇贝，了无生气地堆在沙土之上，上面覆盖着很多石子。

"他们成天显摆自己的珍珠有多明亮圆润，结果那些珍珠被潜水而来的陆地生物挖走了。"

小鲨鱼听见会抓鱼的陆地生物，忍不住想起了螃蟹一家的恐怖遭遇，不禁打了一个冷战。

"但……那也不是他们的错。"

"当然。"寄居蟹小姐的声音平淡沉稳，却透着一丝冷漠，这让小鲨鱼读不懂她真正的意思。

"但在这世界上能保护自己的，也只有自己而已。连对自己负责都做不到，还想要等着别人来保护吗？"

小鲨鱼怔了一下，作为军官的儿子，他常看着父亲他们执行保护弱小的职责。但是海洋广阔，原来也有那么多如同螃蟹或扇贝等来不及被保护的人。

如果自己也成为军官或警察，应该会对无法拯救到的人感到愧疚不安吧。他似乎又看见了那个除了兴趣以外，自己的细腻性格与那份职业相左的问题。

小鲨鱼心里千回百转，寄居蟹小姐说完似乎也不想多做解释而默不作声。或许她就是这样吧？不太在乎其他人的想法或观点，才能独善其身又安稳地生活于深海之中。

如果不要过于在乎他人，大家都能过得自在很多吧。

如果不要过于担忧他人的看法，或许自己就不会出来流浪了，因为无论是甜点师或军警，他都能照着自己的想法马上做出选择。

"你亲眼看见那些抓鱼的陆地生物了吗？"

"看见了，那一天我就在这里。"

寄居蟹小姐说得冷静，仿佛她没有亲眼见证扇贝的死亡，而是陈述一件再稀松平常不过的事。

"寄居蟹小姐，你不害怕吗？"

"当然害怕了。"她垂下眼帘，"但我一只寄居蟹能做什么呢？无论我做什么都于事无补啊。"

然后她说了一句让小鲨鱼印象深刻的话。

"这种时候，都会觉得被抓的不是自己就好吧。"

而他竟无力反驳。

**岁月把他的好奇心刻成更实际的模样，
但他的双眼依然闪烁着光芒。**

　　有时越是亲近的人，就越在意他们的看法。因为害怕被否定而踟蹰犹豫，小鲨鱼从不曾在家人面前提起对做甜点的兴趣，反而在陌生的海域向初次认识的月亮鱼倾吐了心绪。

　　小鲨鱼想起了不久前的课堂作业，老师点了几个同学上台回答，题目是"以后想做什么呢？"没想到自己是其中之一，在老师与同学们目光炯炯的注视下，他不敢犹豫太久，用细不可闻的声音说："警察。"

　　同学们面露钦佩，老师微笑着说太好了，这样有你爸爸当你的后盾。

　　这个答案就像是一条不会改变的公式，大家都认为是理所当然的。

　　那时，没有任何人听出小鲨鱼的声音里充满矛盾与不安。脑中缺氧的感觉，与在家和父亲争吵时的痛苦，如出一辙。

蓦地，小鲨鱼看见了一个熟悉的身影，他加快速度游过去并大喊了一声："等等！"对方转过身来，那一刻，眼前的身影与童年记忆重叠了起来。

"斑斑。"

名为斑斑的小鱼瞪大了眼睛说："小鲨鱼！是你！"

那是一条月斑蝴蝶鱼。斑斑和小鲨鱼是儿时玩伴，家住得很近，邻居总是觉得这对体形差距很大的小伙伴非常神奇，每次都是先看到小鲨鱼后才会发现月斑蝴蝶鱼的小巧身影。那段时间他们形影不离。

虽然如此，在他们的相处模式里，斑斑才是比较像大哥的那一个。他好动、活泼、勇敢，相比儿时容易胆怯的小鲨鱼，斑斑聪明又对事物充满好胜心，他总是领着小鲨鱼去各个海域探险。

然而，父亲不止一次在小鲨鱼回家时板着脸告诉他："你怎么不看看哥哥交的朋友都是怎么样的鱼。座头鲸、虎鲸、海鳗，你别老跟隔壁那小子混在一起。"

母亲看小鲨鱼一语不发，试图缓和气氛："小朋友一起玩没什么的，你别这样总拿哥哥比……"

"混在一起就算了，凡事都听他的，你有没有主见？你是一条鲨鱼，成天跟在那条扁扁的小鱼屁股后面是怎么回事。"

"好了，你少说两句……"

父亲气不打一处来，母亲知道怎么劝也没用，于是也沉默了下来。小鲨鱼的泪含在眼眶里打转，一家三口一言不发，直到兄长回家。

"我今天又跟虎鲸比赛游泳了，一直游到西边的石柱那里，今天是我赢了！"

哥哥不似他善于察言观色，随口打破了这个僵局，兴冲冲地与父母分享着出去玩的琐事。父亲怒容稍缓，母亲则摸了摸小鲨鱼的头，要他回房间。其实小鲨鱼很想大声告诉他们，早在很久以前，他就已经跟月斑蝴蝶鱼一起去了比西边石柱还要更远、更远的地方。

斑斑与他的体形差太多了，体力上自然也有显著的差距。可是斑斑却比他还要有毅力，即使累了也不愿放弃，于是他们花了一天的时间走走停停，终于看到那从未见过的风景。

那片美景，小鲨鱼未曾与父母分享，却深深烙印在脑海中。

"斑斑，你怎么在这？"

"我跟队友来这附近比赛！"

"那你怎么自己一个人，你的朋友呢？"

斑斑不好意思地笑了笑："我想回忆一下小时候住的地方，就自己游过来了。"

小鲨鱼才惊觉一路上满腹心绪，竟不知不觉游到了靠近家的海域。

那一年之后，小鲨鱼开始有意无意地疏远起斑斑。也许是心中担心待在斑斑身边会"很差劲"的心理作祟，抑或是父亲的责怪贬斥让他只想逃避任何可能会造成争吵的事物，他开始找理由婉拒斑斑的邀约。

终于，小鲨鱼的窗外不再有斑斑朝气蓬勃的呼唤声，他自己也愈发沉默了。

"自从我搬家后我们就没再见过了，对吧？"

"对呀，你现在过得好吗？"

那一刻，小鲨鱼是真心希望月斑蝴蝶鱼过得比他还好，不要迷惘、不要彷徨，最好就像小时候那样，只要找到目标就能无所畏惧地勇往直前。

"还不错！每天都在练习，时常要随队出远门比赛。从小我就想当竞速选手，爸爸妈妈也支持我，所以搬家之后就加入那个村的儿童竞速班。后来又去正式的培训班，来这儿就是为了参加区域比赛……"

斑斑滔滔不绝地和他解释着近况。小鲨鱼一方面为了当年疏远斑斑而感到歉疚，一方面听完斑斑追梦的过程又感慨于自己还止步于此，复杂的情绪交织于心，使他有点儿鼻酸。

"那太好了。"

眼前的月斑蝴蝶鱼依然是那么喜欢整个海洋、那么执着于追求梦想的少年，岁月把他的好奇心刻成更实际的模样，但他的双眼依然闪烁着光芒。

"斑斑，你还是跟以前一样很会实践计划，真是太好了。"他由衷地说。

时至今日，小鲨鱼才突然想通了这些细节。越是被父亲的话影响，行动时考虑得就越多，以至于他变得绑手绑脚，最后形成了一个恶性循环。

当年那样疏离斑斑亦是如此，只是年幼的他不及细想这么多，只想逃离一切会惹父亲生气的事。即便如此，他还是十分挂念斑斑，这个朋友带给年幼的小鲨鱼很多勇气与回忆，要不是他，那些如梦似幻的远洋景色至今或许他都未曾看过。

包括现在，如果不是小时候与斑斑一起旅行过那么多地方，小鲨鱼或许没有勇气自己一个人出远门冒险。

"你呢？你最近在做什么？"

"我……现在正在一个人旅行。"

斑斑似乎有些惊讶，随即露出开怀的笑容。

"那真是太好了呢！"

"或许'温柔'在脆弱时被视为无用之物，
但在你成为一个强者之后
却会是你保有初心的最强遁甲。"

离家越来越近，小鲨鱼的内心也愈发忐忑，他还没想好要如何与父亲沟通。这些年来，从最初沉默以对到开始反驳父亲说的话，自己应该也成长了一些。

只是，到底要怎么才能改变父亲根深蒂固的想法呢？

"如果没办法说服爸爸，这趟旅行会不会都白费了呢……"

"不会白费的！"斑斑在听完小鲨鱼这阵子的故事后坚定地说，"不管伯父说什么，你早就下定决心了不是吗？"

"万一他还是听不进去……"

"小鲨鱼我问你，"斑斑认真地看着小鲨鱼，"如果伯父说不行，你就会放弃当甜点师吗？"

"……不会！"

"那就不要担心了！"

小鲨鱼忽然觉得斑斑也成了一条温柔的鱼。

"温柔"到底是什么呢？在遇见海马先生和月亮鱼先生后，小鲨鱼以为"温柔"就是说话轻声细语的。可是斑斑很活泼，讲话又精神又大声的，"温柔"这个词用在他身上却一点儿不协调感也没有。

如同海马先生说的，温柔是一种能力，足够强大的人就能够"选择温柔"。

所以，温柔也是有很多种的吧？

忽然一阵强劲的水流猛劲地划过，密密麻麻的白色气泡打破了海里的宁静深蓝，小鲨鱼与斑斑还来不及稳住身体，造成水波摇荡不安的巨大生物却已经以迅雷不及掩耳之势到了百米之外。

然而，洋流里却传来了焦灼仓促的呼救，定睛一看，被庞然大物追逐的是一条有着银色流线型身影的虹鱼。

斑斑焦急地说："虹鱼背后那条大鱼是不是发狂了？他的眼睛……"来不及说完，他的视线猛然被身旁的小鲨鱼挡住。水流碰撞交缠，那条凶猛大鱼竟拐个弯冲了过来，在追逐努力逃跑的虹鱼途中又想把斑斑咬进嘴里。

　　小鲨鱼内心十分惊慌，那是一条体形比自己大两倍的成年双髻鲨。对方双眼发红且呼吸急促，明显失去了理智，那布满血丝的双眼在深幽湛蓝里格外触目惊心。

　　虹鱼似乎已经无力呼救，只用求生本能仓皇逃生，眼看好几次险象环生，小鲨鱼再也没有时间犹疑。

　　"斑斑，你快去礁石缝躲着，不要出来！"小鲨鱼说完，头也不回地往双髻鲨的方向游去。成年双髻鲨的游速十分迅疾，咬合力也很惊人，小鲨鱼虽然心知自己处于下风，却无法见死不救。混乱的脑海中却清晰浮现了几句话，比如父亲说温柔是弱小无用，比如海马先生说温柔是感同身受。

　　这一次他想做一条既温柔又勇敢的鲨鱼。

　　千钧一发之际，在双髻鲨对着虹鱼张开血盆大口时，小鲨鱼硬是往对方的肚子上咬了下去。嘴里全是在水里蔓延开来的鲜血，双髻鲨吃痛地大声咆哮，扭腰将他甩了出去。气泡与猩红遮住了他的视线，他知道自己对双髻鲨造成的伤害肯定不大，却能让那条虹鱼有多余的时间游到远一些的地方。

猩红散去，视线清明了些，他稳住了身体却慌张地发现魟鱼并没有远去，而瞋目切齿的双髻鲨却将目标转向了自己……

"你快逃啊！"那一瞬间小鲨鱼反射性地闭上了眼，声音早就破碎而颤抖，却仍心系对方的安危。

然而，想象中的剧烈疼痛却没有席卷他的神经。

睁开眼睛，小鲨鱼看见魟鱼在他身前紧张地发抖着，锐利的尾刺插进了双髻鲨的身体，双髻鲨的面容因痛苦而扭曲，眼中的血红也渐渐淡去。不远处传来鸣笛声，深海警察赶到了他们身边。

"真是太抱歉了。"座头鲸警察看着他们有惊无险的模样，似乎有些惊讶地说："他是吸食毒品的逃犯，你们没受伤真是太好了……"

双髻鲨被绑上了救护车，斑斑连忙游近他们却惊呼了一声。

"请、请问您是那位南方竞速代表队的魟鱼小姐吗？"

"咦，你认得我？"那位魟鱼小姐似乎有些不好意思，浅浅地笑了一下。

"当然！"斑斑眼睛里透着光，一脸崇拜的样子。"难怪您游得那么快……"

"真惭愧，要不是你们，我差点儿就要被咬了。"

原来这位虹鱼恰巧是竞速比赛的新星，去年以最年轻的选手身份夺得了比赛冠军。她并没有比小鲨鱼和斑斑年长很多，却有了一番佳绩，使得培训班的年轻学子们都把她当成了目标。

"这位鲨鱼朋友，真的很谢谢你。"虹鱼向小鲨鱼深深地鞠躬。

"没有没有，我根本没帮上什么忙。是你的尾刺救了我们。"小鲨鱼有些羞赧地说。

"不，谢谢你帮我争取了时间……"

于是，话题开始围绕着小鲨鱼打转。一同经历的凶险使他们对彼此感到格外亲切，不知不觉中，小鲨鱼把最近与爸爸发生的争执告诉了她。

"我很苦恼，不知道要怎么改变爸爸的想法。"

虹鱼小姐思考了一阵子说："你要不要试试看，不要改变爸爸的想法？"

"什么意思？"

"或许这样说不是很明确，但小鲨鱼你想想，爸爸已经活了那么多年，那些想法很难因为你的一席话就全部被推翻的。"虹鱼小姐认真地说。

"小鲨鱼，不知道这样说你会不会不开心，但我可以理解你爸爸说的'弱肉强食'。"虹鱼小姐又接着说，"大海是很现实的，如果不努力向前，就可能会被其他人落下。就像你想做甜点师，也要做出相等的努力，甚至更多，才可能脱颖而出。你也希望自己的甜点被大家所喜爱吧？"

"当然！"小鲨鱼点点头，他还希望未来有人会为了品尝他的甜点，从远方不辞辛苦而来呢。

"即使是这个梦想，也是必须竞争的，这就是所谓的'弱肉强食'。"

小鲨鱼想，如果爸爸和他讨论的时候也能这样静下心来就好了。

"或许'温柔'在脆弱时被视为无用之物，但在你成为一个强者之后却会是你保有初心的最强遁甲。"虹鱼小姐认真地说，"一个人在变强之后，身边会越来越空旷，就越可能迷失方向，一不小心，就可能变得太过于自私，或太过于冷漠。所以，这时候就坚定地要求自己做一条温暖的鲨鱼吧。"

"你是说……不要想一下改变爸爸的观念，但还是可以把心中的想法先好好传达给他，对吧？"

"嗯！"虹鱼小姐面带谢意，真挚地说，"况且你现在就已经很勇敢啦，绝对不是你口中说的胆小鬼。"

那一刻，小鲨鱼终于下定了决心。

09 | 回家

有些热爱值得他义无反顾，
正如有些温柔从不与坚强相抵触。

"斑斑，谢谢你陪我游回来。"告别了虹鱼小姐，斑斑与小鲨鱼终于抵达了家门口。

"我本来就想回来看看的。"斑斑向小鲨鱼投以一个鼓励的眼神。

"明天见！"

小鲨鱼答应了要去看斑斑比赛，两人异口同声地说，就像当年每一次冒险的约定一样。

终于到了家门口，小鲨鱼深吸了一口气。

这趟冒险，小鲨鱼从海龟那里看见了顺流而行的轻松，却也看到了他眼里闪烁的不甘心；从螃蟹那里了解到了弱小造成的悲剧，却也迷惘于强大与温柔的抉择；从海马那里打破了一直以来的刻板印象与成见，却也理解了温柔的模样；从月亮鱼那里得到了吐露心声的勇气，下定决心向着梦想迈进；从寄居蟹身上看见了与世无争的独立与悠哉，却也看见了她对社会与周遭的冷漠；遇见了依然执着的斑斑，终于与心中那个听从父亲的话却伤害朋友的自己和解；最后，在虹鱼身边想通了，原来温柔与坚强是相辅相成的，从来不是对立面。

回到家，首先见到的是母亲，她的眼眶微红。在遇见斑斑后，小鲨鱼回想起母亲并不是没有为他说过话，只是她把管教孩子的事交由丈夫做主，所以不够强势。

小鲨鱼曾在心里埋怨母亲的息事宁人，问题不但没有被解决还日积月累，最后引爆了互不理解与愤怒的导火索，让他只想逃离这个不温暖的家。他不止一次希望母亲能再坚定一点儿地阻止父亲，但她似乎只希望他们不要在家硬碰硬。

但是现在，看着母亲抱着他哭泣的模样，小鲨鱼心底的一丝埋怨却化为歉疚与心疼。在这样以父亲为主的家庭里，母亲是用自认为最好的方式在照顾他们三个。她或许认为丈夫那样表达的方式不对，却仍是为孩子着想，所以才总是温柔地在中间劝说着双方不要那么激动，只不过结果总是徒劳无功。

　　小鲨鱼决定向母亲道歉，但在说出口前，却先听到母亲说："对不起。"

　　他瞪大了眼睛，泪水夺眶而出。

　　"对不起，每次爸爸那样骂你的时候，我应该要替你说话的。"

　　"没有，妈妈，我才应该说对不起……"

　　"没事的……"

　　"让您担心了，对不起。"

　　小鲨鱼终于头一遭觉得母亲在认真听他说话了，不再是"你不要想这么多""爸爸都是为你好"的答复。于是他们在一起说了许多话，然后携手走到了厨房。

　　"妈妈等会儿要煮晚餐。你想喝什么汤？"母亲似乎担心他在外面饿着了，从柜子里取出许多食材。小鲨鱼看着母亲的背影，下定了决心。

　　"妈妈。"

　　"嗯？"

　　小鲨鱼深吸了一口气，"我想做甜点。"

"现在吗？"母亲疑惑地问。

"不是现在，"小鲨鱼终于破涕为笑说，"是以后！"

小鲨鱼把明天要去看斑斑比赛的事告诉了母亲，母亲点点头说："斑斑是个好孩子，你们还能见面，真好。"

小鲨鱼不知道母亲当时是否也注意到了他们的疏远，但现在已经不重要了。他知道自己以后想要成为什么样的朋友，期望自己也能像阿月那样，做一个善于倾听并且为对方加油打气的温柔鲨鱼。

父亲回家了，尽管小鲨鱼已从母亲的口中听说父亲这几天都早出晚归，出去寻找自己的事，但父亲的神情冷峻，让他仍大气不敢出一口。

原来父亲是那么担心他的吗？一顿饭下来父亲却恍若无事，沉默地吃着晚餐，并没有开口。小鲨鱼偷偷看着父亲，发现他一直是这样的，一生都与"威严"二字相伴相生，从不多言，也不随意流露情感。

然而，他却也注意到了父亲眼下的黑青。

后来哥哥先开口打破了沉默："喂，你终于回来啦，去哪了？"

"很多地方，可能有些地方你还没去过呢。"小鲨鱼有些打趣地说。

"喊，怎么可能！"哥哥给了他一个白眼，径自坐到了他旁边。

母亲看着小鲨鱼，仿佛给予他勇气一般地用眼神鼓励他先开口说话。

"爸爸，对不起，我擅自乱跑出门害你们担心了。"

"嗯。"父亲继续吃着晚餐，"去了哪里？"

"去了北方，还有接近沿岸的地方，还遇见了各式各样的鱼。"

"然后呢？"

"然后问他们很多问题，听了很多学校里没听过的故事。"

"嗯。"父亲依旧寡言，并没有抬头看他。

"我还遇到了那本书的作者，那位海马。"

父亲听了，重重放下碗筷。

"所以，你还不放弃那条小鱼写的温柔理论吗？回来还是要跟我争辩一样的事情？"

父亲显然动怒了。母亲似乎不想再做那个调节他们情绪的人，按着大儿子的手示意他不要插嘴，静静地让父亲与小鲨鱼对话。

　　"不，爸爸，大海的确是弱肉强食的地方，不只是大海，整个世界都是。如果不变强，就会被其他人追上。很幸运地我是条鲨鱼，所以才让我从小就这么没有危机意识。"小鲨鱼想起螃蟹先生孤独的背影和空荡荡的扇贝壳，认真地说。

　　父亲有些吃惊，似乎没想到小鲨鱼会这么说。在他的印象里，二儿子不像大儿子横冲直撞，总是很安静，就是太安静才让他担忧。直到有一段时间，二儿子开始向外跑时，他还觉得欣慰了些。殊不知，向外跑的原因却是跟在隔壁家那条瘦瘦小小的月斑蝴蝶鱼身后。原本放下的心又悬了起来，让他不由自主地发怒。

　　发怒后，二儿子没有任何反驳，虽然这样很听话，但他又担心二儿子是不是太没主见。于是，他又开始告诉儿子们要有主见、行动力及判断力，结果那几个月二儿子开始学会以"讨论"之名反对他的所有主张，让他气炸了。

"可是，我还是觉得温柔并不等于弱小，温柔和勇敢不是两个对立面。"小鲨鱼屏气凝神地看着父亲。

父亲良久都没说话，母亲便出口询问："这是什么意思呢？"

"在这趟旅程中，我遇到很多不一样的鱼。遇到过很平凡但交友广阔的鱼，还有年纪很轻却非常厉害但又很谦虚的鱼。他们都很真诚，且重视我的感受。在我眼里，他们一点儿也不懦弱，他们不会逃避不想面对的情绪，也不会忽视需要帮助的鱼。"

父亲似乎在琢磨着该怎么回答，而这一刻小鲨鱼终于觉得他们的对话不再剑拔弩张，也不再是双方各说各话而不愿侧耳倾听。

"所以，你想像他们一样吗？"父亲缓缓开口。

那一刻父亲身上的疤痕在小鲨鱼眼里愈发鲜明，那些刻着岁月与尊严的印迹，与"温柔"的话题形成了很大的对比。横跨了几十年的观念差距，到底该怎么做才能被缩短呢？

"与其说想跟他们一样……我觉得，没有任何一条鱼会是一样的，就像每一条鲨鱼都生而不同。我只是不想变成自己讨厌的样子。"

"……所以你讨厌我这样吗？"父亲如是问。

"不是的。"小鲨鱼连忙摇头并笃定地说，"只是我现在喜欢做的事和爸爸喜欢的不一样。"

"……我听说了。第二分局局长告诉我，你对抗过一条发狂的成年双髻鲨，救了路人。"父亲凝视着他的双眼，"即使能做到，你还是不想做军警工作。你到底想做什么？"

这是父亲第一次问他这个问题。

"我想，学做甜点。"说出口的时候，小鲨鱼心里还是不安的，但他没有低下头，而是炯炯有神地直视着父亲的双眼。那一刻他终于不再胆怯，他明白了有时候与胆怯相伴而生的细心，从来不是缺点。他想用这份"不像鲨鱼"的细腻与柔和来创作独一无二的作品。

自从那天之后，小鲨鱼再也没有离家出走了。以前的他总在乎别人的看法，或许也是想稍稍逃避必须由自己做出决定的难题。

后来流浪的回忆刻在他的心头，温暖的、沮丧的、惊险的，都成了不同的颜色与形状，再由他的巧手将其塑形成艺术品般的甜点。

有些热爱值得他义无反顾地付出，正如有些温柔从不与坚强相抵触。或许未来还有很多必须停下来思考的岔路口，但至少现在，小鲨鱼终于不再迷惘。

第三章

飞行系爱情故事

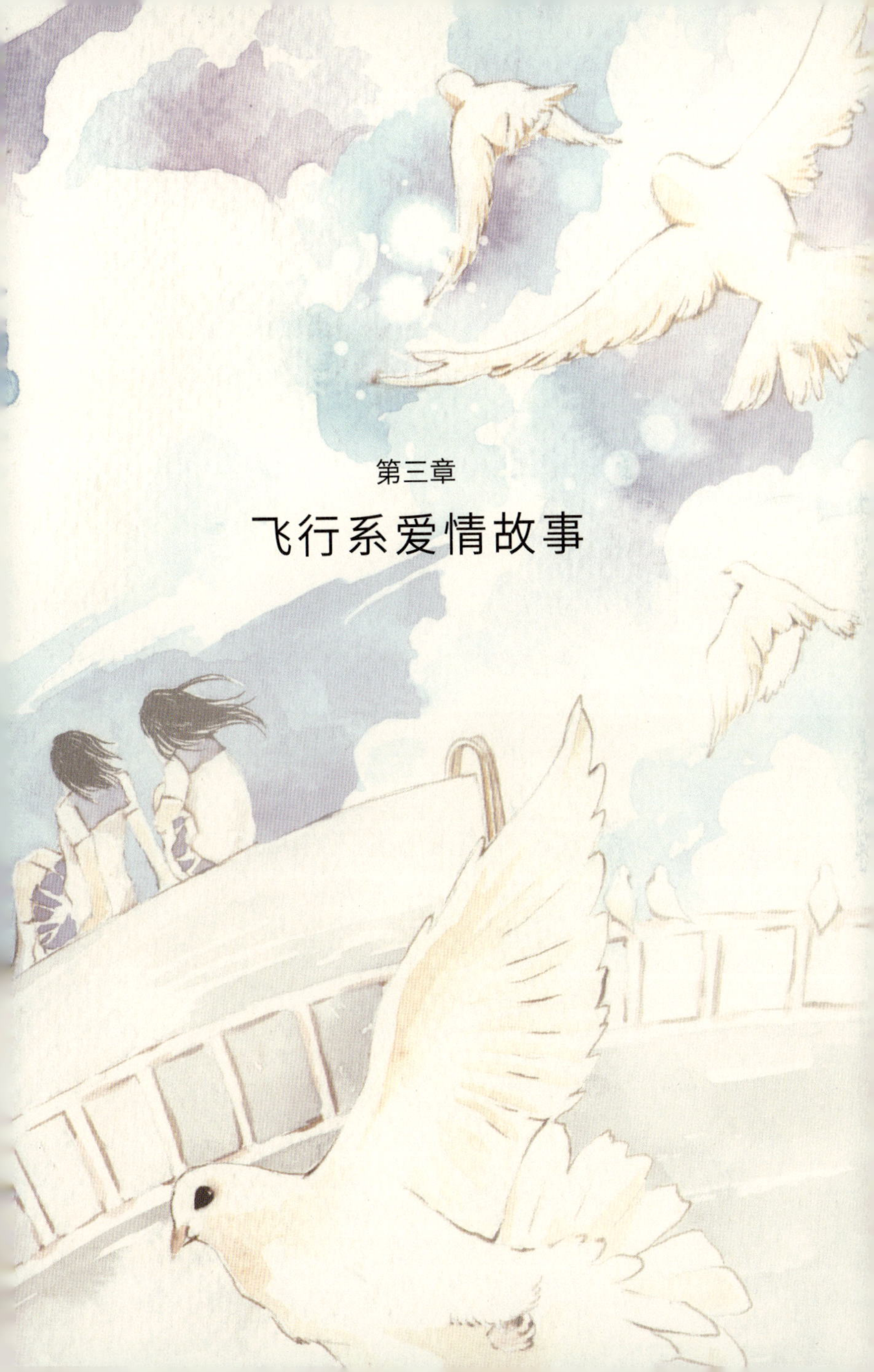

如果面对岁月静好后的阴影
是为了让彼此成长，
但我们却因此必须分离，
你会不会怪我辜负了你？

"程瞳，有人找你。"

"好，谢谢。"

阳光沿着窗棂洒落在教室里靠窗第二排的位子上。过于耀眼的日光，使女孩的纤长睫毛在洁净的脸上留下了一个浅浅的影子。她手上的动作停顿了一下，棕色的眼眸望向教室门口，看到一抹熟悉的身影，心里升起微微的郁闷。

"你先去吧。"前座的好友接过她手上的窗帘拉绳。

"嗯，好。"于是，唤作程瞳的女孩离开了教室。

"怎么突然过来了？"

程瞳与那面带愁容的男孩走到了少有行人来往的五楼楼梯间。这句话问得淡然，似乎早就心里有底。男孩拉起她的手说："没有，就想跟你说说话。"

"还有两节课就放学了呀。"

身高一米八五的男孩拱起背、弯下腰，把头靠在程瞳的肩上。二十厘米的距离瞬间就被缩短了，程瞳稍微一怔，还是举起手来，轻拍男孩的背。她有种错觉，男孩这一年时常打篮球，不仅把小麦色的肌肤晒得更黑，也似乎长得更高了。程瞳每每抬头，她总觉得两人的视线离得越来越远。

男孩口袋里偷藏的手机时不时亮起，透过单薄的夏季衣料在昏暗的楼梯间格外醒目。程瞳一看，便猜到了他心烦无助的原因。就这样沉默了一阵，预备铃响起，距离上课只剩一分钟时间。

"走吧。"

"嗯。"

高二的教室在三楼，高三的则是在二楼。他们在楼梯口道别，程瞳看着男孩往楼下走去，又补上一句："赵家诚，要认真上课。"

"我知道啦，待会儿见。"赵家诚说完做了一个鬼脸，程瞳突然有一种自己才是大一岁那方的错觉。

说是认真上课，但最后两节课里心神不宁的其实是程瞳自己。虽然刚刚男朋友什么都没说，但她还是能从这一年相处的经验中略微猜到对方心情低落的原因。

于她而言，赵家诚是一个直率、善良的人，如果是其他什么事一定马上毫不保留地滔滔不绝。能让他心情烦闷却又低头不语的事，除了自己，大概就是家人吧。

在这不长不短的交往日子里，最常让程瞳感到困扰的就是赵家诚的哥哥了。虽年长他们五岁，却时常与一帮地痞流氓朋友们一起闹事，不务正业而搞得家中鸡犬不宁。这一切原本与她无关，但每当那个人不是打群架、就是聚赌被带到警局，赵家原本不融洽的气氛就会更加紧绷。

赵家父母为此争执不断，吵架的内容不外乎是："你是怎么教小孩的？""别只怪到我头上，儿子也有你一份！"

每每母亲与父亲争吵无果又无法管教好大儿子时，便会对小儿子哭诉，甚至如今天般不分儿子上课与否，直接以情绪勒索的方式获取家中唯一的安慰。

最后，她的哭声只会让赵家诚因无能为力而自责。在这整个高中时期，他只得一边担任父母间的沟通桥梁，一边面对严酷的学业压力。

每次看到赵家诚在学校与朋友们嬉闹打球，程瞳都心疼地猜测他是否刻意忽略了那些难解的情绪。在同学们面前，他仍是那个热爱运动又善于逗乐众人的高大男孩，却将烦恼隐藏在身后的阴影里。

然而，在程瞳即将升上高三的这一年，赵家诚的情绪渐渐成了程瞳的压力。因为程瞳是唯一一个能让赵家诚倾诉痛苦的人，即使小他一岁，但她的沉稳与理性，使得赵家诚忍不住想要依赖她。

他喜欢程瞳认真分析并给予意见的模样，程瞳或多或少也喜欢自己这种模样，被人信赖总是能给她带来成就感与安心。只是赵家诚即将毕业，程瞳却准备要开始迎接来自高考的压力，对未来的焦虑逐渐使她感到力不从心。

放学的铃声响起，大家起身收拾书包，坐在前座的好友转身轻柔地提醒程瞳："瞳，明天记得带那本地理讲义。"

"差点儿忘了，好！"

两人走到校门口，程瞳目送好友搭上校车后，转身走到公交车站牌旁的大树下。赵家诚早就在那儿等着她，一手拿着篮球，另一手拉着单肩背着的书包与队友们闲聊。

四月底，早已不能称得上春寒料峭，程瞳却觉得眼前的场景像是定格一般，明明是从前最喜欢的画面，现在却透着一股凉意。

最近她好像不能再像以前那样耽溺于这种悸动的感觉，心里的那一丝凉意总是在提醒着她，赵家诚说的人不轻狂枉少年，从不适用于她这样的少女。

"年轻的时候就该毫无顾忌地去爱。"赵家诚曾经这样对她说。那一天也是春风和暖，那只他们冬天一起在路边捡的小麻雀在笼里度过了一段安逸时光后，终于奋力振翅一跃，却在最后摔断了翅膀。

程瞳一边想着那历历在目的往事，一边走到赵家诚身边，那只原本拉着背包的手便到了她手中。他们牵着手一前一后地踏上刚进站的公交车，车上只剩一个位子，赵家诚让程瞳坐了下来。公交车摇摇晃晃，就着这缓慢的节奏，她抬头与赵家诚聊天，略微失神地看向赵家诚那轮廓分明如刀削般的侧脸，以及那自己常爱捉弄的粗浓剑眉。那一年的生日愿望，是暮去朝来、年年岁岁，希望这个人都能在自己身边笑逐颜开。

这样的宁静清欢，她舍不得放手，却又有了即将失去的预感。

　　"……瞳，你在听我说话吗？"

　　突如其来的刹车晃得程瞳手不稳，差点儿让怀里的篮球滚了下去，她才回过神来："嗯，我在听……"终于将注意力放回了对方的声音上。

　　拥挤的公交车上并不安静，但对方的声音却总是格外清楚。好像全世界的声音都会自动避开他们的耳朵，不愿意打扰这段被真心呵护的时光。

　　直到他们又谈起未来，宁静的时光被打破，然后来自四面八方的噪声全都传进了彼此的耳朵里。

**勇敢执着属于你，细腻安静属于我，
理想的朋友模样应该属于我们吧。**

　　通常校车的班次固定，抵达学校的时间也比较早，所以方亦舒总是第三个进教室的人，这让她可以悠闲地边看小说边吃完母亲准备的早餐。之后，同学们方才带着惺忪睡眼陆续走进教室。大约十分钟后，她的好友程瞳走向了自己身后的位置。

　　早自习的时间大多被老师们用来小考，今天是她喜欢的语文，所以心底感到轻松许多。

　　第三节课前，黑板上贴了热腾腾的阶段考成绩单，同学们争先恐后地往黑板前挤，几十双眼睛瞪着那小小的A4纸，就想看清楚自己的分数与排名。

　　"亦舒，你的语文又考全班最高了。"程瞳在人群中转头对她说。

　　"程瞳，你才低她两分，也很高呀！"旁边的同学听了羡慕地说。

　　"考语文我向来比不过亦舒，她花太多时间用来阅读了！"程瞳再次确认成绩，虽是笑着说，但笑意却渐从脸上退去。

"怎么了啊？"回到座位上后，方亦舒转过头关心地问。虽然好友的情绪并不明显，但作为程瞳在班上最好的朋友，她看得出来对方不太高兴。

"……第二名。"程瞳小声地说，似乎不愿意露出任何沮丧或失望的表情。但对于这么在乎升学的高二少女而言，却也很难摆出云淡风轻的样子。

任何一个阶段考成绩都牵涉到程瞳繁星计划的排名，方亦舒深知她对成绩的重视，轻柔地安抚她："没关系，下次一定会赢的。"

她想起程瞳有一次说，高中生是一种很奇怪的群体，明明是最活泼最能绽放的年纪，却心甘情愿地被关在一个小小的方块里，玩着以成绩排名的游戏。每一堂课的老师形形色色，而他们唯一共通的台词就是："作为学生，要认真考试方能成大业。"

那天，方亦舒在日记上写了："'都说世相迷离，我们常常在如烟世海中丢失了自己，而凡尘缭绕的烟火又总是呛得你我不敢自由呼吸。'①少女生怕在过尽千帆回首时满目疮痍，于是在载浮载沉的十七岁里奋力把梦想抓紧。"

铃响后，是班主任的语文课。她手上的表格写满密密麻麻的数字，那些数字从老师嘴里说出来便成了新的名词，诸如"不及格""班级排名""隔壁班的班平均分数"之类。方亦舒一点儿都不想听这些，只想着快点儿进入下一课。复习阶段考已经占了不少堂语文课，老师还要絮絮叨叨这些数字，让她不免觉得有些烦闷。

"我们班这次考最好的还是亦舒，大家有问题可以去问她。"她感受到老师勉励的眼神，于是点了点头。

程瞳曾问她："我们这么想得到的分数，你是不是真的不在乎。"方亦舒说："是，我从来都不喜欢也不想拥有数字这种东西。"

中午盛饭的时候，方亦舒担心好友心情不好，便起了

---

① 注：取自林徽因《你是人间四月天》（台海出版社，2017年版），后一句是"千帆过尽，回首当年，那份纯净的梦想早已渐行渐远，如今岁月留下的，只是满目荒凉。"

一个轻松的话题。

"昨天学长回信给我了。"

"你说，萧……萧澧？"

方亦舒低下头，若隐若现的红晕浮上脸颊。第一次见到这个名字时，是帮他把信转交给另一个女孩。程曈当时说这个字很少见，不清楚读音，还用拼音写在课堂笔记本里当补充。但方亦舒永远记得那封信的署名，与她那天从图书馆借的《楚辞》里有着同样的字。"沅有芷兮澧有兰，思公子兮未敢言。"萧澧。

那天她并未看清对方的面容，却马上记得了这个人的名字，是这么好听。

真正认识他却是在一周前的某堂体育课上，她负责去器材室借球，另一个负责的同学却请了假。

"我帮你吧。"

路过器材室的萧澧制服烫得平整，整齐的头发在阳光下似被镀了层金。他接走了她手中其中一筐稍显沉重的篮球。方亦舒走在他身后，连呼吸都小心翼翼。后来的整趟路程，只有两只深蓝色大篮子擦过凹凸不平的石子地面的唰唰声响，以及自己震耳欲聋的心跳声。

"谢谢学长。"到了球场的集合点，方亦舒才如梦初醒般想起了该说些什么。

"不用。"

她不好意思地抬头，记起了那日艳阳高照的逆光下，明明看不清却在脑海中深刻烙印的轮廓，与对方微微上挑的眼尾。

"你问他为什么写纸条给你了吗？"程瞳一边吃饭一边问。

"问了，但他没说。"方亦舒放下筷子，小心翼翼地从抽屉里拿出折好的信，又再仔细看了一次。

这是她收到的第二封信。第一封是体育课后的第二天，明明不曾交换姓名，萧澧却到她们班上喊了她的名字。

"不是要转交给小书的吗？"方亦舒说了第一次帮他送信的那女孩的名字。

"啊，不是。"萧澧又笑了，依然是那双微微上挑的桃花眼。

程瞳把一大块红萝卜放进方亦舒的碗里，坏笑说："快吃吧，别看了。"

方亦舒似乎早就习惯对方的挑食，给了对方一个稍稍谴责的笑容。

"你问家诚学长了吗？"

"问了问了，但他们不同班，球队的朋友也都说和他不熟。"

方亦舒点了点头，把那块炖红萝卜放进了嘴里。

"我觉得他都主动写信了，或许真的能试试看也说不定？亦舒不是喜欢那种冬天会穿着针织衫、围上米白色围巾的高瘦文青帅哥吗？感觉萧澧学长就是这样的人。"

方亦舒瞪了程瞳一眼，五月正是时晴时雨空气微闷的季节，方亦舒却意外地能想象出程瞳所说的那个画面。两人又嘻嘻笑笑地边说边出去倒了厨余。

午休时，她摊开了牛皮色的信纸。

对于十七岁的我们而言，
梦想是庞大而又遥远的彼岸，
将之写在纸上，却变成了近在咫尺，
令人兴奋到颤抖的清晰。
我从来没有离自己的目标这么近，
却又这么远过。

　　总是和程瞳竞争班级第一名的女孩，叫作许南生。看
到她又在课堂上说了些有趣的话逗得历史老师笑得合不拢
嘴后，程瞳忍不住小声咂了下嘴。

　　她知道，有些人天生就很善于言谈。宛如一边控制镁
光灯一边在台上游走的演说家，许南生总是能恰到好处地
知道在哪个时间点说出哪些话会引来观众什么样的反应，
并使之得到最多的注目。

　　程瞳与许南生不合这件事，并非众所周知，却也不是
无迹可寻。从学业成绩被数据化那一刻开始，她们就注定
要比较那些数字的高低，再争夺因些微差距就落点在前或
在后的位子。

程瞳不知道许南生是怎么想她的，但她知道自己不喜欢许南生略显油腔滑调的说话方式。夜深人静时，她不免怀疑自己是在嫉妒对方，可是白天把烫平的制服服服帖帖地穿在身上时，她看着镜子里踏实努力的自己，又觉得自己不喜欢对方的原因十分合理。

　　可阶段考结束后，程瞳便对一件事略有所闻，那就是许南生想放弃繁星计划的机会，甚至不想再升学。

　　"瞳，如果真的是这样，不是很好吗？你就少了一个竞争对手。"吃午餐时方亦舒这么问她。

　　程瞳也知道自己那松一口气的想法，可是强烈的自尊心却不允许自己这样想，所以她沉默了一会儿说："不知道，我觉得她好奇怪。"

　　下午扫地的时间，她们放好拖把、回到教室，却发现此时的空气里弥漫着不寻常的宁静。以往整理环境的这二十分钟总是能活络大家下午昏昏欲睡的心情，但现在教室的气氛近乎凝滞，有人默默地继续擦着窗沟，有人悄悄把视线转到了教室中央。

　　教室中央是坐着把单脚跷到膝上的薛祐宇和面对他站

着的许南生。

薛祐宇一脸漫不经心，而怒意却占据了许南生那张平时总能游刃有余的精致脸庞。

"你说什么？"

"我说，"薛祐宇抬眼看着提出问题的人，"你现在就随便选个工作，以后后悔就惨了。"

"随便选？你跟我很熟吗？你懂什么？"许南生一脸不可置信。

"不熟。"薛祐宇直勾勾地看着她，那样的浅笑使得嘲讽更加肆无忌惮的明显，不加修饰的张狂惹恼了许南生。

"啊，现在放弃升学也没关系，将来你不红了，你父母也能救你，让你再来一次不是？"

"我要是真的红不起来，跟你没关系，跟我爸妈更没关系！"许南生不甘示弱，但紧握的拳头却微微颤抖着，"薛祐宇，你的人生没目标，就跑来批评我是吧。爸妈送你来上学，结果你每天睡觉逃学、混吃等死，我再怎么不红，至少都比你有用多了。"

薛祐宇听到这句话，眼神闪过一丝晦暗，上扬的嘴角逐渐沉了下去。

"我只是觉得有事没事就把梦想挂在嘴边，很可笑而已。"

许南生准备放弃升学的原因，程瞳已辗转从其他同学口中得知。

许南生喜欢唱歌，这一年来一直在社群软件上经营自己的唱歌频道。这阵子她似乎想去参加选秀节目，想要在歌唱上投入更多时间和精力，把兴趣变成职业。

程瞳曾去搜索她的账号，即使自己与她不对盘，也不得不由衷钦佩她的歌喉，而且许南生在唱歌以外的言谈间也总是幽默风趣的，这可以吸引不少支持者。

对程瞳来说，这两年，追逐成绩与排名已经与她的生活密不可分。成绩总是近在眼前，而成绩后方那看不清的遥远彼岸，总是明亮的。

好多年以后，程瞳才搞懂原来比起追逐目标，她是本能地需要"梦想"。

这两个字支撑着她冬日清晨为了读书而起床打开窗户，吸一大口冷空气看着破晓将至的无人街道时，肺里沁凉得近乎能冻伤的执着；支撑着她夏日从图书馆离开，忘了时间而听着蝉鸣疾走赶路，却仍错过末班公交车的茫然；支撑着她高中整整两年，每次被母亲质问"为什么这次阶段考没有得第一"时的委屈。

种种这些努力，她必须赋予明确的意义，否则自己在规则之下根本活不下去。

她害怕去想失败会怎么样，害怕去想那些可能抓不住的东西。但每当想到自己有机会能去"实践"计划上的每个琐碎，"梦想"这两个字，即使只是含在嘴里，也会像一颗镇静剂一样让她安心。

"十七岁的我们，唯一能谈的就只有梦想不是吗？"她脱口而出。

教室里那几双看热闹的眼睛，纷纷将视线转向了她。她才意识到自己打破了薛祐宇与许南生之间的僵持不下。

"嗬，梦想这种东西，只是你们这些有钱人家的小孩爱嚷嚷的话而已。"薛祐宇再次抬头时，恢复了原本的傲慢。他并没有看她，程曈甚至不知道这句话究竟是针对自己还是许南生。他起身拿着书包，不顾放学时间未到，头也不回地走出了教室。

　　许南生似乎有些无所适从，她微微松开了拳头，向程瞳投以一个疑惑的眼神。随后她的好友们纷纷围了上来，一边批评着薛祐宇的无礼，一边安慰许南生诸如她现在网络点击量一点儿都不低之类的话语。

　　上课铃再度响起，仿佛前一刻的对峙从未发生。程瞳像是没事般马上进入了好学生的状态，而老师在询问为什么薛祐宇的座位空着时，坐在中后排的许南生默默地看向了程瞳的背影。

装作不在意你回信的速度，
装作不好奇你与其他女孩寒暄的语气里
有没有我所担心的亲昵，
我们比赛谁能让谁心跳加快，
却永远不知道谁先得分。

"终日望君君不至，举头闻鹊喜。[1] 下笔前总反复琢磨着词汇是否显得过于热情，又怀疑那些收到的字句有欲擒故纵的意味。不愿这些鱼雁往返成为刺探敌营的棋子，却又沉溺于宛如编码与译码的猜心攻防战里。"

放下笔后，方亦舒合起皮革封面的日记本，小心翼翼地将其收进了书包。

好友的身影出现在视线中，随后方亦舒的桌上被放了一包小熊饼干。

"你们买了什么呀？"她抬头望向坐到身后的好友。上周换了位置，程曈与她依然是靠窗那排一前一后的关系，

---

① 注：取自冯延巳《谒金门·风乍起》。

唯一改变的是，程瞳的后方坐了一个她们原来不太熟悉的人——许南生。

那天打扫时间的争执，方亦舒虽惊讶好友会为了学业上的"宿敌"说话，却也不意外程瞳对梦想的重视及那敢说敢做的性格。

方亦舒从小就是群体中比较安静的那一个。她始终对与同学相处有些胆怯，担心不知道该开启什么话题而引起的尴尬，担心不善言辞的自己会得罪人。

说话不比书写，书写的时候可以把思绪都梳理一遍，再斟酌用词表达出最符合心境的语意，但说话不行。年复一年，日记本从普通的线圈笔记本换到日制的皮革旅人笔记，日记始终是方亦舒在学校消磨时间的良伴。

回想初中入学时，同学们都快速地自成小圈圈，徒留她一人。这样的心有余悸，让她在高一开学时，依然觉得自己与班上热络的氛围格格不入。她原以为高中也会这样与日记本相伴三年，而程瞳却大方地走近她。日后，她总是会不自觉想追逐这个比她勇敢、比她更好强的女孩。

有一次程瞳问她："古代名家是否都视名利如浮云？

所以你对名次一点儿也不在意，只读自己想读的。那你会不会讨厌我和你讲这些？"

她说："当然不会。"

程瞳的那股冲劲儿，是她所憧憬也最为欠缺的。带有一点儿坚守原则的强势，总是积极补强自己的弱项，总把失败当作前进的养分，她向往好友的这种处事方式。

程瞳的男友赵家诚学长即将毕业，程瞳似乎也早已开始考虑未来的志愿。最近看见好友这么努力，方亦舒不免迷惘。自己对未来并没有特别的想法，也没有特别想读的专业，再过几个月就要升上高三，模拟考与各科小考只会比现在更来势汹汹，到底要怎么办呢？

"买了起司饼干，还有这个。"程瞳拆开一包软糖，递到了方亦舒面前，"南生说这很好吃。"

那天放学前，许南生第一次传纸条给程瞳，向她道谢。程瞳隔日直接走到了她的座位前，告诉她不必放在心上。后来两人下课时聊了起来，越聊越投机。当换座位看到与许南生坐在同一排时，方亦舒心里升起了一丝难以言喻的忧心，那种担忧是提醒自己不要太小心眼，却又害怕直爽好聊的许南生会把程瞳从安静的自己身边带走。

程瞳与许南生继续讨论着福利社的商品，门口忽然传来同学的呼喊声："亦舒，有人找你！"

她马上站了起来，一颗心又怦怦跳地到了嘴边。门外是萧澧，她走过去的时候眼角余光撞上之前给萧澧写信的那女孩，对方迅速收回了目光，并置若罔闻萧澧对她说的那声"嗨"。方亦舒知道那个女孩听到了，只是用聊天的声音掩盖这些尴尬，关于他们曾经发展到了什么地步，之后为什么不再通信，方亦舒始终不敢问。

"打断你们聊天了吗？"萧澧把信递到她手中，温和地问。他依然穿着那身平整如新的制服衬衫，只是五月已然入夏，他却迟迟没有换季而是依旧穿着长袖。

"没有。"方亦舒另一只空着的手无所适从地抓着裙角。两人之间五十厘米的距离，对于好朋友聊天算近，对于暧昧对象又算远。这样局促的距离，使得方亦舒一颗心越跳越快，让她担心自己心跳在胸腔里的回声足以被面前的人听见。

她看见萧澧的手上拿着书，便问："学长，你最近在看什么书？"

萧澧愣了下，举起手上的书。"这是今天去图书馆借的，川端康成的《古都》。"很多男生嫌袖子碍事，都会恣意地卷起，可是萧澧从不。袖口的纽扣永远整齐地扣上，露出稍细的手腕与节骨分明的手。

预备铃响，他轻轻地拍了一下方亦舒的头说："以后周二跟周五这个时间，我都会来你班上拿信。先回去了。"

方亦舒用手背轻碰了下烧烫的脸颊。回到位子上，她记下川端康成这个未曾听过的名字。原来萧澧也喜欢文学吗？自己未曾涉猎日本文学，但萧澧比自己更了解文学的模样，使她心中的仰慕日渐增加。

她迫不及待拆开了折叠整齐的信，首句抄了一段话："如果活不出孤独感，如果做不到特立独行，艺术、美是没有意义的，不过就是附庸风雅而已。"①

正欲再读，身后传来了许南生的提问。

"亦舒，你也认识萧澧？"一听到关键字，她便转身

———————————

① 注：取自蒋勋《孤独六讲》。

回答。

"嗯！最近认识的。"

"欸？"许南生停顿了一下，随后稍微压低了声音，"他之前不是和小书通信吗？"

"对呀，但不知道怎么就停了。"程瞳似不觉得有什么，吃着软糖说。

"可是……我听说是因为小书看到他和别的女生牵手，才没联络的。"许南生用接近气音的声音说，"亦舒，你要小心一点儿。"

这些话顿时像一盆冷水，浇在了方亦舒滚烫的心上。在残烬与火花那吱吱作响上升的烟雾里，本就因为程瞳而感到惴惴不安的情绪，让她起了难以言喻的怒气。

许南生那样的口气让她心生不快。先不论她早就在猜测萧澧与小书的事情，许南生的口吻，则又让她觉得自己像是没谈过感情、误入歧途还不自知的小羔羊。

方亦舒又放了一颗软糖到嘴里，咬下去那刻充盈在舌尖的尽是苦涩酸味，她皱了下眉头。

"啊，那颗白色是柠檬口味的。"许南生说。

那一刻她突然觉得难以忍受今天的疲倦，遂把身体转
回了前方。

我曾想给你最坚固的堡垒，
曾想给你最厚实的铠甲。
直到我的温柔消耗殆尽，
你愿不愿意收下，
早已经是与我们无关的事情。

　　周六时，赵家诚陪着程瞳去图书馆。下周要交的信息课作业是试写大学甄选的备审计划书。赵家诚一面翻找学生证，一面把一袋饼干拿了出来。

　　"瞳，这给你。"赵家诚把饼干交给程瞳后，不忘偷偷捏一下她的脸颊。"你要吃胖一点儿。"

　　"我才不要。"程瞳马上回嘴。虽然平常看似是自己照顾对方比较多，但就在小事上宠着程瞳这点，赵家诚绝对是个称职的好男友。

　　"为什么不要？"

　　"不好看。"

　　"你不管是什么样子都很好看，比仙女下凡还好看那种。"赵家诚故意摆出崇拜的表情，惹得程瞳想瞪他又不小心笑了出来。

"赵家诚，你什么时候学会这样油腔滑调？"

赵家诚神秘兮兮地靠近程瞳耳边："因为我以前在加油站打工，才会油枪滑掉啦。"

赵家诚一如既往地说着烂笑话逗她开心，程瞳拿他没辙，看他开心却忍不住想着——要是时光能停在这，灿烂又温柔，爱情是不是也有百分之一的机会成为"永恒"？

她喜欢他多笑，甚至想把自己的快乐额度也分给他。赵家诚回家时面对的烦忧与悲伤，她总能从手机上捎来的字句中读出来。那种两颗心相连的感觉，即使看不到彼此，也能在脑海里清晰描绘对方说出这句话时的每一瞬表情及模样。

他们坐在图书馆外草皮边的石椅子上，想把剩下的饮料喝完。

"备审计划，你之前是怎么写的？"程瞳认真地问，"我很犹豫……不知道选新闻系到底对不对。"

"我没有犹豫，所以超快就写完了。"赵家诚一手撑在椅子上，一手飞快地在手机上打着字。"不要想那么多，你不管选什么都一定能做得到。"

"怎么可能不多想。难道你当时都没想过有什么其他出路吗？"

"没呀。"赵家诚毫不犹豫地回答，爽朗地说。

"可是我担心写作能力不好的话，会比同学们差。"程瞳的声音有些干涩，似乎琢磨着怎么形容自己的心事，赵家诚却没听进心里。

"你写作哪差了？放心啦。"

"但像亦舒的作文就……"焦虑的声音被打断，取而代之的是那眼睛一直没离开社群软件页面的男孩，把手机递到了她眼前。

"就选你喜欢的，别多想啦。对了，瞳，明天我想去吃这家的布丁，你要不要跟我一起去？"

良久，程瞳都没回答。赵家诚疑惑地转头看她，对方眼底似乎有几丝愠火，他却读不懂这样的情绪。

"你为什么生气？"

"你连我在意和担心的地方都不懂，就说我能做到。"

赵家诚有些错愕。

"我没有，我只是觉得你一直都很有目标和主见，不管以后读什么专业都能很好。"

"我也会有迷惘的时候啊！"赵家诚这种随意回答的态度，使程瞳的声音不小心大了起来，本就攒下的不安与压抑，在这样平凡的日子里一次爆发。"这根本不只是遇到了再考虑的遥远梦想，而是现在就要决定好的事情啊！从繁星计划采计每一次大小考试的分数开始，到只能排上一次的校内排名，再到一年一度的学测和仅能填写六个的个人申请志愿。每一个都那么紧密，我怕走错一步，之后就没有转圜的机会了。"

"没有那么严重，如果真的不适合你，还可以转系呀。"说出口后，赵家诚就后悔了。他深知程瞳是一次就想把事情做到好的人，她从骨子里害怕失败，害怕做出错误的决定。

刚交往时，他曾问她为什么那么认真准备每次考试，程瞳只说是自己好胜心强。直到很久很久以后，他才懂得这样的好胜心，是在抵抗环境给的、父母给的、自己给的压力，保护自己的自尊，因为社会总是那么轻易地用功名为人贴上"成功者"或"失败者"的标签。

　　只是十八岁的他未曾明白这点，因为十八岁的他在这互相陪伴的一年岁月里，还来不及听完程瞳的所有故事。

　　"为什么你总想得那么简单？"程瞳的眼泪在眼眶打转，"而且每次说到心事，都是在讲你的压力、你哥和你爸妈。那你有在乎过我的压力吗……每次我说这些你都随便敷衍，根本没认真听完，就说'没那么严重'？"

　　听到这一段话，赵家诚的脸色沉了下来。

　　"我家人又怎么了？"

　　"你哥没责任感，你妈动不动就以死相逼，我就是讨厌你不为自己着想，每次都在收拾烂摊子！"

　　"再怎么样那就是我妈啊，难道……"赵家诚停了下来，似乎在忍耐自己冲动的话语，他的呼吸很急促，但程瞳早在他的眼睛里读到了他没说出口的话——难道你要我当一个自私的人吗？

　　像是戳破一直以来都知道却不明说的窗纸，挡在他们之间的，从来都不是那些能够磨合的薄薄纤维，而是名为现实的铁壁。

"那是你家人，我只是一个跟你在一起一年的学妹。我想要你好好地照顾自己，却被你认为是个自私的人，是吗？……"这是气话，却也是搁在心上很久的话。打从赵家诚沉下脸、盯着她的双眼时，程瞳就看出他对自己家庭的保护欲与敌意。

那是一条界线。

线里是你的家人，但他们不在乎你的感受。而我是那个在乎你情绪的外人。

书包的背带瞬间被程瞳握紧，她忍着眼泪，却又觉得自己忍耐得够久了。肩上的书包仿佛是承载了两人的情绪，她不堪负荷，眼泪"啪嗒"一声掉在饼干的包装袋上。或许是赵家诚近日考试发榜后的松散让程瞳内心失衡，又或许早在程瞳开始细想自己的未来那一刻，他们的关系便逐渐坍塌崩落。

赵家诚是爱她的，说是爱也不尽然，毕竟十八岁的年纪谈"爱"也许太沉重。但至少，赵家诚是喜欢她的，所以会尽量克制自己，不用尖锐的气话伤害喜欢的女孩；赵家诚是在意她的，可他始终没理解过她的向往，以及迫切追求却又害怕失败的恐惧；赵家诚是依赖她的，却从未发现每次倾吐自己的家事后，女孩心里不舍又难过的分量并不比他少。

蝉声唧唧作响，掩盖了她还想说些什么的冲动。一阵风把沙子吹进了程瞳的眼睛里，等她放下轻揉眼睛的右手时，眼泪已经停了。

比起害怕失败，
我更害怕让十年后的自己后悔。

　　许南生、程瞳以及方亦舒放学一起走到校门口的频率越来越高。自从那天之后，方亦舒虽然没有刻意避开许南生，却也不再像一开始那样主动融入她与程瞳的谈话。

　　一切都看似相安无事。女孩子这样奇妙的群体，本就有不把话说开还能若无其事相处下去的能力，高中女孩更是。她们褪去了初中时容易轻言厌恶或妒忌的冲动，想把自己包装成圆融的大人，但又始终青涩得无法退让或放下彼此的心结。一边责怪自己不够大方成熟，又一边在脑中不停回放那些当下争执不快的所有细节，高中女孩就是有这种折磨自己的勇气。

　　准备上校车时，许南生发现有些事总是要面对的。

　　"我今天要回奶奶家，所以改坐 E 车。"本来一直搭乘 A 校车回家的许南生向身后的两个女孩道。

　　方亦舒怔了一下，才缓缓开口说："我也坐 E 车。"

　　"那你们可以一起走啊。"程瞳没察觉其中古怪，也就顺口地说。

上车后，方亦舒没有想要和她聊天的打算，早早戴上了耳机。耳机放入耳内后瞬间排除了车内的人声嘈杂，轻易地将主人与外在世界划分开来。

她们本来就不曾在没有程瞳的状况下单独聊天过，校车缓缓驶出大门，许南生看了一眼窗外，看见程瞳独自一人在公交车站等车。

"程瞳今天怎么没和学长在一起？"许南生不小心打破了她们之间的尴尬。

方亦舒闻声迅速地往窗外看，露出了担忧的神情。

"不知道……"

在关心朋友这件事上，她们俩是一样的。许南生见方亦舒似乎不那么排斥与她说话，终于鼓起勇气把近日藏在心底的话说了出来。

"那个……亦舒，我想和你道歉。"许南生是个不擅长隐藏的人，对于有话直说的她，这几天的忍耐已经达到极限。

对她来说，方亦舒是个棘手且不好应对的类型。对方就像一块海绵，无论别人说什么似乎都会仔细听进去，可表现出来的行为却让人难以判断她当下的情绪。就像这几天，方亦舒不曾真的对她发出敌意，但三人一起说话的时候，那种不温不火的应答让她有种碰软钉子的感觉。

方亦舒略带惊讶地摘掉了耳机，转头看向身边的人。

"为什么要跟我道歉？"

"那天，我说小书和萧澧学长的事，是不是让你不舒服了。"许南生垂下眼，随后又看着方亦舒真挚地说，"我不是想挑拨你们，只是担心他不是一个太好的人才会这么说的，抱歉。"

"不是，我不开心的不是这个……"看着对方放低姿态，方亦舒突然对自己刚才上车时的无礼感到有些愧疚。

她斟酌了一下词汇，看着许南生诚恳的样子突然有些无地自容。这个明亮的女孩，无论是长相、才能，还是学业都比自己出色许多，她不必对自己这样的小人物道歉的呀。

"我早就知道小书的事了，只是你那天的语气让我觉得自己好像被当成了笨蛋。"方亦舒接着说，"在弄清楚萧澧和小书究竟怎么了之前，我也从未真正想过自己会和他有进一步的关系。"

"原来你早就知道了，抱歉，是我多嘴了。"许南生有些歉疚。

方亦舒迅速地摇了摇头，"不，那天你说破了我一直不想去面对的担心，我才会有那样的反应……我知道你也是怕朋友被骗吧。"

晚霞在玻璃窗外把天空晕染得橘红，她们良久无话，大巴士轰隆轰隆行驶的声音掩盖了两人此时萦绕于心的千头万绪。

"其实我很羡慕你，总是可以很细腻地把人的情绪想得很透彻。"

"其实我很羡慕你，口才很好又擅长交朋友。"

沉默片刻后，她们不小心异口同声地说，随后讶异地笑了出来。那一刻许南生才觉得，她们终于成了真正的朋友。

"哪有，南生才很了解其他人吧。反倒是我，因为不知道该怎么和大家相处，所以都不太敢主动找其他同学说话。"

"可是你连自己负面的感受都能很好地察觉，甚至还能跟我说，这样很厉害呀。如果换作是自尊心比较强的我，应该不会说吧。"许南生说，"上次老师让我们看你写的那篇作文，那时候我就觉得你很会观察和说故事。亦舒，你没有当作家的想法吗？"

"作家？"许南生讲出了一个方亦舒从未想过的未来选择。一架飞机划开了天边的云朵，许南生的话宛如拨云见日，让方亦舒看见了自己的兴趣与未来重叠的可能性。

她是知道的，每当程瞳和许南生聊起未来，那些过于具体的名词让她只想沉浸在现实以外的文字里。一百年前，甚至一千年前，所谓文学是带着久远的悸动隽永地流传到她手上的存在，就像一颗珍贵的化石一样，不像现实生活让她心烦。

"我其实一直不知道该以什么为目标。看到你们都那么有冲劲儿，我却没什么想法。"

"其实我也很不安。"许南生深吸了一口气，"如果现在选择不升学，之后却后悔了该怎么办？但我是真的很喜欢唱歌、喜欢音乐，如果错过现在的热度以及正在上升的机会，会不会以后就没办法实现梦想了……"

"南生，你不要被薛祐宇的话影响。"

"不，说实在的，自从我下定决心专心准备唱歌之后，无论是老师还是我爸妈都不怎么支持。他们总说以我的成绩还有很多更好的机会，可是我不知道'更好'到底是用什么衡量的。是薪水吗？还是社会地位？这些会比'喜欢'更重要吗？"

这是同班近两年来，方亦舒第一次看见这么迷惘又没自信的许南生。在她心里，许南生好像从不会有她在人群中不知该如何自处的忧心，仿佛许南生天生就该是众星捧月的宠儿。暮色下，许南生的表情是这么的受挫，方亦舒这才发现原来她也跟自己一样，不过都是平凡的十七岁少女。

"南生，真的很多人喜欢你，不要担心。"方亦舒有点儿害羞地说，"虽然我之前在跟你赌气，但看到你的翻唱影片下面那些支持你的留言时，总觉得你除了天赋以外一定也做了很多努力，才能让那么多素未谋面的人为你加油打气。"

"其实啊，我也很患得患失……每次看到观看次数下降都会在心里做出最坏的准备。"

……

她们交换了很多内心的想法，那些看似平凡却在薄暮下熠熠生辉的烦恼，无一不是让她们一起走向不平凡的动力。就像羽翼渐丰的雏鸟，总有过害怕展翅跃下枝头的时刻，但若不赌一把她们就永远不能体会翱翔的快意。

"南生，谢谢你跟我说这么多。"下车前，方亦舒如此说着，"我也不会再逃避了。"

我以为毫发无伤地站在你身边
是再自然不过的事，
直到发现你之所以抵抗、之所以忧伤，
只是为了守护我们的安然无恙。

　　赵家诚关上房门，清脆的落锁声将客厅的空气隔开，让他的内心有了一刻喘息。但不安却仍像黏腻的蜘蛛丝一样，沿着门缝从外而内地攀上房内的木地板、墙上的球星海报以及他的身体。他想起那日在图书馆外看见的，那只被铁丝网缠住而奄奄一息的鸽子。没能救它而无能为力的自己，或许终于感同身受了程曈的沮丧。

　　"家"这种东西，始终无法用"谁的"来区分。赵家诚以为自己早已习惯承担这种没有讨论空间的责任，却在与程曈大吵一架后，感受到会被兄长和母亲折磨到老的恐惧。

　　这是哥哥不知道第几次被送进警局，据说是他租屋处的邻居闻到大麻味，所以连忙报警处理。接下来的故事千篇一律，他早听得厌烦疲卷。父亲带着盛怒前往警局，回家时与母亲一番争吵。他们对长子的失望与愤怒无处宣泄，最后化为锋利的字句，一刀刀地伤害情感早已失和的彼此。

于是，母亲在赵家诚放学回家后，再次眼泪溃堤地哭诉。

"我忍耐这么多年，维持这个家到底有什么意义？要不是想到你还没上大学，我早就忍不下去了！"

"妈，如果你真的受不了，就离婚吧！我真的没关系……"

"怎么没关系？你还没毕业，我要照顾你啊……"

从初中开始便是这样，父母勉强维持的婚姻关系，并不会让家里的纷争消停。赵家诚从一开始想让母亲远走高飞，到现在发现劝了也是被驳回，这让他愈感困惑。是否不肯离婚的原因，其实不是他需要母亲的照顾，而是母亲需要他陪在身边？

若母亲离开他们，几十年辛苦经营的家庭将付诸流水，母亲大概是不想面对一个人搬进空荡荡的房子时那种一无所有的寂寞与惶恐。

他想，或许是归属感使母亲宁愿忍受不快乐的生活，也不愿拿出勇气离开这个家吧。

程瞳说过，"家庭"在华人社会里是一种很神奇的组织，血缘把这些性格差异很大的人绑在一起，甚至早期连家庭暴力都当作是不让外人处理的家丑。

"所以你总是逆来顺受，没想过他们不应该这样对一个高中生。不能只是因为她是妈妈，就把自己的压力全都施加在你身上吧？但如果连你都不在乎自己的感受，那我说再多也没有用！"那天程瞳擦干眼泪，说完这句话，头也不回地自己进了图书馆。

有时候，他会觉得程瞳是个很厉害的女孩，她能够为了实现自己的目标，抛开当下所有情绪，专心致志地读书。或许有些人觉得这样的她过于冷情，赵家诚却是心疼程瞳的这种逼迫自己的毅力，才想一直待在她身边。

只是长期以来，他过于相信程瞳的自制力，没有察觉到对方的不安与疲倦。现在的他甚至很惶恐，程瞳或许不再需要他的陪伴。这一年来，程瞳是个很好的倾听者，能让自己起伏不定的心安稳下来，这也是为什么他总是很珍惜两个人能一起搭公交车回家的日子。

程瞳给了他回家的勇气，这种勇气，他曾几何时忘了自己是多么的需要。

听着外头玻璃杯碎裂的声音，赵家诚倒在床上闭起眼睛。这个母亲口中忍辱负重维持的"家"，早在与丈夫日夜争吵时就已经分崩离析。这个名存实亡的"家"，让他对母亲的歉疚越来越深。但在关心的背后，对他的期许及过度依赖，就像双刃剑一样，时不时让他疲于应付。

没有与程瞳一起等公交车已一周有余。赵家诚在周五放学铃响后迅速地把东西塞进书包，加快脚步到了以往等程瞳的那棵大树下。他不知道程瞳是否还在生气，可这五天的冷战让他想了许多未曾思考过的事，他想要当面与她说清楚。

"程瞳。"放学的公交车站旁人潮拥挤，赵家诚终于在茫茫人海里看见了他想要找的人。那个短发蓬松的女孩面白颊红，好看的双眼下方却透着一丝乌青，灰色口罩拉到了下巴，唇色竟比平常更加苍白。那一刻，周遭景物与面孔都变得好模糊，自己视线里唯一清晰的面容，是那个说什么也不愿错过的，总给予他片刻宁静与勇气的女孩。

跟她在一起，似乎再锋利的话语都能被遗忘，再纷扰的现实都能被抛弃。

赵家诚想起上次程瞳和许南生从教室聊到大树下，似乎一时说不完，他便静静在一旁听着的情景。她们谈论梦想的时候，程瞳晶莹的双眸中闪烁着兴高采烈的光芒，赵家诚清楚看见那一池秋水里流动着怎样的情绪，是期待与兴奋，是紧张与不安，但没有一丝觉得这一切遥不可及的恐惧。

反而是他自己，在心底感受到了一丝困窘与惶恐。他从未注意到，程瞳与自己有相差甚远的地方。程瞳带着野心不停追随着远方的理想，他却对理想没太多执着，渴望过上宁静的日子。

可如今他明白了，害怕只会把这个女孩推得越来越远。程瞳花了多少力气在安抚他心口来自家庭纷扰的枪林弹雨，他就应该花多少力气向她走去，直面他们之间的差距所带来的极大恐惧。

公交车上他们并肩而坐，时而摇晃，肩头却隔着五厘米的距离。赵家诚把一边耳机塞进了程瞳耳朵里，那是他们一起去看的电影主题曲。

　　"君がくれた勇気だから、君のために使いたいんだ。"①

　　"是你给予我的勇气，因此我想为你奋不顾身。"

　　程瞳，一直以来你给我的温柔，却被我视为理所当然而恣意挥霍；但没有你在我身边的那几天，我却像待在没有一兵一卒守卫的城池里，只能在残垣断壁后竖着耳朵听那些碎裂与崩塌的炮弹声。

　　你给的，从来不仅仅是勇气而已。

---

① 注：《天气之子》主题曲 ——《愛にできることはまだあるかい》。

他们都是擅长对自己残忍的人。

不懂得对自己温柔，纵使有再多的暖意，终究也无法接住对方的眼泪。

　　歌曲的尾奏结束，他们已不自觉肩靠肩。程瞳的心跳得有点快，却是五味杂陈，故作轻松地问："你刚刚要跟我说什么？"

　　赵家诚见她这样，认为她应该气消了，可是又不知道该怎么开始，只好挑了其他话题说。

　　"你上次提到的那个萧澧，自从你讲完后我就稍微注意了一下，我倒是经常能遇到他。"

　　"怎么样？"

　　"就……他好像有不少女生朋友。有些是我们这届其他班级的女生，还有一些应该是学妹吧，但感觉学妹都不是特别喜欢社交的人。有些女生会大方地和男生玩在一起，如果是那样就没什么；可是萧澧的那些学妹朋友，看起来都不像是会主动和学长学姐打交道的人。"

　　"比较安静的女生呀……亦舒说萧澧会去图书馆借

书，难不成他们都是校刊编辑社之类的成员？"

赵家诚摇了摇头，自忖着该如何形容。

"可是他们讲话的时候都不像在谈论公事，比较像在约会。每次他和女生们聊天时都靠得很近……"

剩下的事，赵家诚不知道该不该说。如果说出看见萧澧为其他女孩总往医务室跑，又是装热水又是拿热水袋的事情，会不会伤透程瞳好朋友的心？

程瞳听了，心中揣摩着该怎么向亦舒开口。他们一时无话，赵家诚才想起此行的目的。

"瞳，你之前生气的事情，我想了很多。"他把大手覆在程瞳水葱似的小手上。"我不知道你那么不安，而且都没注意到就随便说你什么都能做到，对不起。"

程瞳听他这样说，本来下定的决心却再度迟疑起来。她垂下眼睛，想要掩盖心里那些即使收到道歉也无法撼动的分歧。

"当时你真的没想过，未来有什么想做的事？"

"填志愿卡时，我根本不想思考，只觉得照着爸爸说的填会轻松一些吧，这样就不用再和他们讨论了。"

"你怕跟他们吵架，所以干脆能避就避吗？"

"毕竟我也没有特别想读的专业。"

就像一架在心里左右摇荡的天平，程瞳知道自己的一部分渴望着能够和赵家诚携手走向未来，那是属于十七岁少女梦寐以求的爱情故事，她也曾梦过几回。但另一部分的自己不断提醒着她，他们两人想要追逐的未来，从来都不一样。

她想起方亦舒说的——"不是每个人都可以那么早就定下自己的目标"。

"瞳，我们会吵架，可能是因为我最近考完试放松很多，但你要升高三压力越来越大。没有好好地陪你，对不起。"

这一刻目光笃定的赵家诚牵着她的手，说出口的每个字都是那么真心实意，铿锵有力地敲打在程瞳的心上。程瞳心里的酸涩堆在眼角。对于十八岁的赵家诚来说，这或许是他唯一想到的答案，期望能用这样的回答弥补这几个月对程瞳的冷落，来换回他们的和好如初。

但对十七岁的程瞳来说，答案是不是这个，早已日益清晰地浮现在他们面前。有些事无关争吵，无关爱与不爱，当他们想把对方摆进未来的蓝图里，却发现两张图天南地北地长得不一样时，势必该做出选择。

很久以后，当程瞳想起这段往事时，才会发现他们都是擅长对自己残忍的人。赵家诚可以逼自己委曲求全，纵容母亲把自己婚姻的挫折归咎在孩子身上，也不肯试着让自己从家庭的负面情绪的泥淖里抽离出来；程瞳可以逼自己猛求上进，无视身体发出的疲倦讯号，不停地用严苛的标准督促自己向前。

他们都是忘记给自己喘息空间的人。这样相似的人，没有办法拯救彼此。

"你最近怎么跟许南生越来越好？你以前不太喜欢她吧。"

"没有到不喜欢啦……"程瞳想着以前因为成绩相互较劲的事，忽然觉得自己有点儿小家子气而羞涩了起来。"因为我们班上的一个男生讲了一些瞧不起她的话，我帮她讲话之后才变熟的。"

"哪个男生敢惹你生气？"赵家诚笑着说。

"一个叫薛祐宇的。"

"薛祐宇？"赵家诚诧异地念出这个名字，"我认识他。"

程瞳没想到，赵家诚竟会知道这个连她都不甚熟悉的同学。在听完她娓娓诉说那日的争执后，赵家诚沉思一阵说："他高一入学时在球队待过一阵子，初期征选时，他是所有人里表现最好的，不管是瞬间爆发力、肌耐力、预判力，还是各方面的球技，都比我们厉害。"

男孩挠了挠头，不好意思地笑了一下。

"只是到快期末的时候，他就退队了。"

"为什么？"

"好像是因为他家里出了点儿事，所以不能再一起练习了。"

程瞳忆起那天吵架的情景，在脑中回忆了他们的每一句对白，突然心有不安。会不会有哪一句话，刺伤了薛祐宇呢？

你们不懂，在站上起跑线之前，
比赛就已经开始了。
我努力走了很远，却始终没能站上去。

　　这已经是他不知道第几次把消了气的篮球放进回收
箱，又在垃圾车晚上七点抵达之前把它捡回来。无法割舍
的不是旧物，而是这颗球所代表的执着。他想拾回自己心
里的不舍，从不仅是这颗篮球。

　　薛祐宇也曾是容易满足的人，之前初中作文有一篇题
目叫《快乐是什么》，这对成年人来说是个富含哲理的问题，
但对十四岁的他来说，却没有那么困难。

　　十四岁的他偶尔对自己感到失望，比如投篮手感接连
三天都不好的时候，但与十七岁的心如死灰相比，那种失
望或许也能算是快乐的一部分。事到如今他已经不恨了，
大概恨也是时间充裕的人才能去多想的事情，他从来不是
那些能够每天与自己的情绪对话的人。

　　那天晚上，他做了一个回到十四岁的梦。梦境无比真
实，他可以感受到灼热的阳光刺在他的皮肤上，那也没关

系；他可以感受到汗水喧嚣地浸染他的背心，那也无妨。他还是那个每天放学留下来和校队一起练球的初中男孩，从最基本的操场跑步开始，盯防与步伐、抢篮板与投三分，在他们还不知道自己适合什么位置前，每个人都有无限可能。身体再怎么疲倦都会因心里的踏实与成就感遗忘，所以这一点儿小小的辛苦，真的都没关系。

"薛祐宇，你真的是天才小投手。"

耳边传来熟悉的声音，有人拍了拍他的背，初中与高中篮球队队友们的面孔混在了一起，他梦见了高一初进球队与学长聊天时对方称赞他的话。

"阿诚，他一定是初中花很多时间练习才这样的，还天才呢，你还敢溜出去玩不留下来练习吗？"

那个只有短短半年缘分的教练如是说，手上的记录板"啪"的一声打到学长肩上。我怎么会在这里？薛祐宇突然坠入了恐惧的深渊，一边发抖一边拔腿往后跑，他不想梦到之后发生的事，不想离开这个球场。

不知道跑了多久，清晨四点的闹钟叫醒了他，梦境碎了，热血的感觉已经消退，徒留一身冷汗。窗外鸽子咕咕地叫着，蹬了下腿翱翔而去，轻轻摇晃的树枝映在窗帘上，阴影遮住了眼角湿润。他很想躺回床上重温一次梦的美好，可是他不能，做梦也是时间充裕的人才能做的事情。

十七岁的他还是和初中一样，每天身体都筋疲力尽。可是心里再也没有任何动力能支撑他的疲倦。

"妈，我出门了。"

饭桌前的母亲已经换好了衣服，同样也是准备要出门的模样。但薛祐宇没有停下来等她，他一直在回避与母亲单独相处的时间，母亲总是面带倦容，疲惫而温柔的愧疚从眼睛里流出来，化成轻声细语与道歉。

他讨厌母亲道歉，父亲生病从不是谁的错，但母亲的歉疚让他觉得自己像是被这个家排除在外。母亲希望给他正常的学生生活而早出晚归，但这一年家中经济却仍不见好转。

两种感受一直在他心中拉扯着，一边希望母亲认可他为了家庭生计而放下梦想的成熟懂事，一边希望母亲告诉他"不要放弃梦想"，就像曾经她看着球场上的自己是多么骄傲那样。

然而母亲望着他，总是只有一句句的"对不起"。别扭的十七岁，他无法向母亲表达心中的曲折，只好先逃跑再说，逃到足够成熟的那天。

"好，过马路小心。"

薛祐宇发完传单后到教室时，早自习正要开始。他照例趴下来补眠，直到老师发小考试卷时被前面的同学戳醒。今天考的是英文，单词他一个也没背，有时候也不是这样的，如果晚上早点儿从医院回家，他也会躺在床上把课本从书包里抽出来复习一遍。

但他常常因为太早起，又对密密麻麻的异国单词没兴趣，所以经常看一看就睡着了，第二天的小考成绩就大概和今天差不多了。

被班主任叫去办公室，或许是因为昨天的数学小考和今天的英文小考成绩差不多。

"祐宇，最近家里还好吗？"身兼班主任的语文老师关心地询问。

薛祐宇不禁在心里偷偷想着，老师其实不太在意吧，成绩好或不好她又能改变什么呢？在这个只在意分数的教育体制下，她不过展现了一丝丝的良知罢了。他当然听说过更糟的故事，是来自发传单的同事那里的，被视为问题儿童或被老师当成拖累班平均分的眼中钉的那些故事。

想到这里，薛祐宇把双手从口袋里拉了出来，静静地说："还好，跟之前差不多。"

"祐宇，老师还是希望你能花一点点时间准备小考，这样每天一点点日积月累，也能对日后的阶段考有帮助。"老师耐着性子谆谆教诲道，"你们快要升高三了，老师想要个别确认一下你们的读书状况。老师知道你比较辛苦，但如果能抓出一些时间复习准备，或许……"

老师循循善诱，想让薛祐宇努力学习，但他的思绪早已飘到了远方。他想告诉老师，他对书上的知识一点儿也不好奇，他知道自己也曾有过学习的动力，但那是在输了比赛后，努力回想比赛中的每一个判断与动作，找出输球的蛛丝马迹，并拟定战略。

"为什么生活只剩下了考试呢？"好多个晚上他都这样自问着。这里有那么多高中生，为什么百万种人却只能追逐同一种理想？

他想起高一那个午后，他把父亲生病的事告诉教练。

"为什么高中生一定要把学业摆在体育前面呢？如果可以用白天的时间练球，我就不用因为放学后要去医院而退队了。"

那些破碎的问句里藏着他心里卑微又渺小的祈祷，他知道教练什么都无法改变，却又期望他说出异于往常的话，但教练看着他的眼里只有惋惜。

折翼的鸟始终无法从夜幕飞向黎明。

她一直以为爱可以等价交换，
直到发现了他根本没有要拿出它的打算。
共鸣可以换取真心，
对他来说可能只是书本里
上一个世纪的事情。

"亦舒，你怎么来了？"萧澧唇角微微扬起，声音还是那样温婉如玉，但方亦舒却直视着他的双眼，没漏看那一丝惊慌。

午休时，方亦舒提早吃完了饭，跟程瞳与许南生说她要去二楼，程瞳似乎很担心，急着想和她说些什么，却磕磕巴巴的。反而是许南生看透了她的想法，点点头说："你自己去看看比较好，对不对？"

"我都没来过，每次都是麻烦你上来。"方亦舒故作镇定，把手上的信递了过去。拿信时，萧澧修长的指节沿着方亦舒的拇指从关节到指甲轻轻滑过，她不知道这是不是故意的。

"没关系呀，你快升高三了，最近也很忙吧？这种小事交给我就好了。"对方一如既往地说着那些仿佛浑然天成的体贴话语，让方亦舒有种错觉，萧澧对她的关心是真的、贴心是真的、喜欢也是真的。

"那学长你不忙吗？"方亦舒平心静气地反问。

萧澧似乎误解了她的意思，笑着摇了摇头说："快毕业了，班上也没什么事，你不用担心我。"

"学长，我想问你一件事。"

"什么事？"

方亦舒注视着萧澧的脸，这可能是她第一次这么仔细地端详他的容貌，她本就害怕与人对视后不知所措的尴尬，可是今天却没有丝毫慌张。

萧澧的脸庞不是跋扈而棱角分明的那种，而是如他的声音般，以斯文柔和的线条勾勒出别致的面容。要说萧澧是绝世帅哥，也不尽然，但他的气质偏偏就会吸引女孩们的目光。

"你跟我们班上的小书，之前是怎么了？你们通过信，为什么后来就不写了呢？"

"她和我聊不到一起啊。"几乎是斩钉截铁，萧澧如同诉说着天气般不带一丝感情。"她根本不懂文学吧？一开始跟我搭话，说得像她也多喜欢我正在看的书一样，结果只是在装模作样，我跟她很快就没话题了。"

"你不一样。"萧澧轻轻牵起她的发丝，"亦舒，你知道我想说什么，我也听得懂你想聊的，课本以外的事情。"

萧澧低下头向她靠近，近到了她几乎能数出对方有几根睫毛。几乎能看出他薄薄的嘴唇上那些浅浅唇纹。她屏住呼吸，对方似乎也是，生怕吐息会破坏这巨大的宁静。

多少平凡的女孩，也曾因他温文儒雅的气质沦陷？又甚至是小书，那个语文成绩一直都垫底的女孩、比自己还明艳像是天之骄女的女孩，原来也渴望得到萧澧的青睐吗？

在十七岁的尾巴，她期许的爱情即将成真了，一个总是衣着笔挺神色温和的学长，用那双修饰干净的手写下苍劲的字迹，在一封封交换的书信中与她一起徜徉于文学的大海里。

多么荒诞。

在嘴唇快被贴上之前，方亦舒后退了一步。

"我看见了。"一个陌生而有力的声音从她嘴唇里蹦了出来。"学长，上周三，我看到你吻了那个学姐。"

那个出其不意冷静的声音砸在萧澧微微颤动的瞳孔里，方亦舒花了一些时间才意识到，那个声音来自她自己。

"原来你都在忙这些啊。"她压抑自己因为愤怒、伤心而差点要发抖的身体，试图用平稳的语气说出这句话。她希望这句话是讽刺的，不带任何沮丧。

那天，她亲眼见到萧澧用着同样的柔和神情注视着学姐，她一瞬间指尖发凉而无力招架，心底却有个声音切实地提醒着她，所有猜测与谣传果然是真的。

萧澧看起来有些错愕，原本试图解释，却在看见她眼底的清明后放弃。

原来她始终清醒。萧澧突然觉得被摆了一道的是自己，他曾以为这个女孩已经把全身心的信赖都给了他。他不是不知道最初的信件里那些探听与疑惑，可他选择四两拨千斤的不回复后，她也就此不问。

随着时间的推演，这阵子方亦舒的回信越来越长，他猜测方亦舒越来越喜欢和他说话了，每次见方亦舒时她总不敢抬头，但萧澧还是能从对方发红的耳根看出她的羞赧。

方亦舒调整好了呼吸，决定和他道别。

"学长，你觉得卓文君写《白头吟》，让司马相如后悔了吗？"

突然一个牛头不对马嘴的问句，让萧澧愣了一下。

"我没想过这个问题。"

"我觉得他没有，也不会醒悟。因为这首诗本来就不是为了挽回他而作的。"

方亦舒自顾自地说完，然后扬起微笑，"而且我送你的那本《汉魏六朝诗文赋》，你根本没看，对吧？"

她转身走向楼梯，不再回头。这一刻她觉得自己犹如新生之犊，她从来没想过，一直以来连她都嫌弃的那个唯唯诺诺的自己，可以盯着高年级学生的眼睛狠狠地拆穿对方拙劣的谎言。

走回三楼的时候，铃声已经响完，整栋楼因为午睡时间而无比宁静。再不久，就会有检查的同学过来巡视，提醒她不要在走廊上恣意走动。

她手扶着墙，紧绷了许久，而眼泪终于在松懈的那刻掉了下来。本就是心底有谱的猜忌，但自己却也暗自希冀过能得一心人，白头不相离。

她不知道小书、那个学姐，甚至是传闻里素未谋面的女孩们，是不是也曾这样哭过，她的故事会不会是成千上万种伤心里最不值一提的一个。但此刻，她一点儿都不后悔以这种姿态与萧澧分开。闻君有两意，故来相决绝。既然未曾开始，想必不比卓氏的万分之一痛吧。

但泪水却像是觉得太拥挤一样，从隐隐作痛的心口逃到了眼眶，并且井然有序地排好队，一一跳出，最后落到了擦拭明亮的皮鞋上。

毕竟是初恋。

用眼泪与汗水灌溉长大的梦想，
无论有没有开出你喜欢的花，
那些养分都会滋养你继续前行，
直到花开正盛的那一天。

"那些都是假的吗？"方亦舒很想这样问萧澧。

关心是真的、贴心是真的、喜欢也是真的。但因为她不是唯一一个，所以全部加在一起就变成了假的。

她想起最后两封信，他们讨论《红玫瑰与白玫瑰》。萧澧的读后感是将重点放在红玫瑰与白玫瑰的难以抉择上，她却告诉萧澧，她认为这个故事写的从不是二中择一的爱情，而是从王娇蕊与孟烟鹂的性格中，对比出男主角佟振保的懦弱与无能。

不过萧澧读完信会怎么想，她已无从得知。

以方亦舒这样的少女来说，以文学为前提的初恋，是再纯洁又梦幻不过的感情。可是萧澧却把文学当成一个狩猎的工具，甚至最后还想把这种共鸣编造成他对其他女孩冷淡的借口，这种自视甚高的态度让方亦舒愤怒。

若读懂了文学的价值，却把它拿来当作换取真心的筹码，那究竟是他真读懂了，还是连对文学的爱也是虚假的？十七岁的方亦舒决定相信后者。

"会体恤爱人的人，根本不会做出需要对方以任何姿态挽回的事。从一开始就注定了，他不可能幡然醒悟。但少女还是忍不住去想，自己在他心中是否曾进驻在特别的位置。'即使是一秒，你有没有真心实意地爱过我呢？'她一直以为爱可以等价交换，直到发现了他根本没有要拿出它的打算。共鸣可以换取真心，对他来说可能只是书本里上一个世纪的事情。"

合上日记，方亦舒知道自己可能一辈子都不会知道答案。也许有那么一秒钟，他喜欢她是真实的，却在转瞬间消失在这个时空里。但她知道比起爱情，现在的她更渴望写下能成为亘古永恒的东西。

许南生在八月签下经纪合约。升高三的暑假，他们又在炎炎夏日里回到学校，把东西都搬到了二楼，随着上一届学长学姐的毕业，教室早已人去楼空，换他们在那里开始充满听说读写与计算的漫长旅途。

属于三年级的教室比原本二年级的教室少了一副桌椅，那个男孩休学了。许南生想着，或许一直到老，她都不会知道他去了哪里、又做了什么。她刚上高中的时候曾听过一句话，人与人相遇都是缘分使然，能够待在同一个群体里更是难能可贵。但她也知道，即使是这样的缘分，也会注定在大吵一架后在彼此的生命里缺席。

有些人错过和解的唯一机会后，就再也没有成为朋友的可能。

许南生没告诉好朋友们的是，上学期末在老师办公室外，她碰见了刚面谈完的薛祐宇。那时候她已经从程瞳那里听说了薛祐宇的故事，就在视线交会的一瞬间，她看见一向桀骜不驯的男孩眼里满溢的憔悴与不甘心。

她踟蹰着是否要喊他的名字，然后为自己曾经的尖锐道歉，可是后来什么也没说。她知道自己的道歉会让对方难堪，为了避免真诚被解读成同情，她决定保持缄默。

暑期辅导的第二周便是全国联合模拟考。为了这次的考试，程瞳早已干劲十足地准备好各科笔记。只是偶尔在补习班门口看着琳琅满目的贺喜榜单，还是会不自觉地被刺目的红纸黑字晃得头晕目眩。

有一天，她是否也会成为补习班标榜战功里的其中一枚勋章？路过的人们看到她的名字时，可能也会同情她缴了补习班学费拼死拼活地早出晚归，还被当成炫耀的工具吧。

程瞳突然觉得好气又好笑。是啊，这个用分数判定成王败寇的规则有点儿荒唐，她却无法置身事外。如果逃出这个监狱后外面是一片荒芜，又或许是另一道铜墙铁壁，那该怎么办呢？

因为不知道答案，程瞳很早就决定了不要去想。

上学期末她去参加了赵家诚的毕业典礼，明明只是一个半月前的事，却好像过了一个世纪。

在找到赵家诚之前，她先在礼堂外遇见了萧澧，那点头之交的关系本该在好朋友与之彻底结束后成为不相往来的过客，但萧澧叫住了她。

"她最近怎么样？"

"她很好。"

程瞳读不出萧澧眼睛里的喜怒哀乐，萧澧亦然。

"我……从来，没有送过礼物给其他女孩。"

程瞳记得那是一柄木梳子，萧澧去山西古城游玩时买下的。当时她不懂其中含意，方亦舒一开始羞涩地不愿多说，等程瞳知道的时候，已经是不需要再讨论的时候了。

　　这场爱情博弈的胜负，该比谁沦陷得深还是谁痊愈得快呢？

　　程瞳从萧澧眼里读出了一点儿怅然若失。但她不敢确认，也不想再继续这个话题。他的喜欢可能曾是真的，却早已成了没有意义的情绪。

　　喜欢的价值就在于当下那一瞬间的真实，已经过去了的爱，与不爱早已没有分别。

　　程瞳在礼堂里找到赵家诚。她仍不知道自己更在乎的是赵家诚对未来的看法，还是因为始终无法让赵家诚爱他自己比爱他的家更多一点儿而感到心酸。

　　但她知道，此时此刻的喜欢与适合无法画上等号。她曾经爱着与他相关的每一个细节，或许以后才能明白，为什么少了几个就不能再爱。

　　十八岁的男孩想要在春末初夏的日子，用最后的青春牵紧十七岁女孩的手。直到后来他才知道，有些人属于天空，有些人适合翱翔。岁月的长河里他们都还太年轻，没有互相保护的能力或与大人们交换的筹码。

但，这就是他们喜欢上对方的原因，因为渺小所以想为了对方变得游刃有余。

他想起自己曾是那么真心实意，想用赤诚守护她的青春。"我们结婚以后要养两只猫和一只柴犬。"上一个绿叶纷飞的日子，程瞳曾这么规划，句子里甚至没有会在途中走散的质疑。

"那你要负责去遛狗，捡它的大便。"赵家诚忍不住想戏弄她，笑着唱反调。程瞳用力捏了他的耳朵说："是'我们'要一起！"

"我们一起。"他们都曾有过不曾质疑这几个字的时光，好像这几个字就能除去一切纷扰，把少男少女的互相珍惜装进每个朝朝暮暮，浓缩成爱情的模样。然而，最后先有个人醒了过来，另一个也终于明白不能靠这几个字稀里糊涂地相爱。

"瞳，希望你能去到真心喜欢的地方。"这是他对她说的最后一句真心实意的话语。

208